甘い水

遠藤の舌は唇と同じように薄い。なのに触れると、熱っぽくて柔らかい。
軽く舌先を絡めるようにすると、触れ合わせた粘膜から甘い痺れが走る。

甘《あま》い水《みず》

かわい有美子《ゆみこ》

ILLUSTRATION
北上《きたかみ》れん

CONTENTS

甘い水

甘い水

一章

I

　今年は全国的な冷え込みのせいか、東京でも例年より桜の開花が遅れているとニュースで流れた日のことだった。朝からあいにくの雨模様だったが、警視庁特殊犯捜査係《とくしゅはんそうさがかり》にも新たに二名の配属があった。

　意外と言えば意外、よく慣れた顔と言えば見慣れた顔に、遠藤啓一《えんどうけいいち》はなんとも複雑な思いになる。

「新しく配属になった神宮寺《じんぐうじ》、そして、田所《たどころ》の二名だ。二人ともSATからの配属なので、今後、我が特殊捜査班の突入時には色々と貢献をしてくれることを願う。今後の訓練などの際には、逆に技術面での最新のサポートを請《こ》うこともあると思う」

　今年、五十一になる係長の生方《うぶかた》の地鳴りのようにずっしり響く声にあわせ、その横に並んだ長身の神宮寺稔《みのる》と田所の二名が、紺のスーツ姿で深く頭を下げた。

「よろしくお願いします」

「お願いしまっす！」

　低いがはっきりした神宮寺の声に、田所の少し緊張した声が続いた。

　神宮寺はさておき、田所はあいかわらず普段は真面目《まじめ》でしゃちほこばってるなぁと、机のファイル越しに後輩の強張《こわば》った顔を眺め、遠藤は口許《くちもと》に薄く笑みを刻む。

田所といえば遠藤と神宮寺の後輩で、今年二十七歳になる青年だった。遠藤から見れば二つほど下で、同じSAT――警視庁特殊部隊にいた頃《ころ》は、遠藤と同じ班にいたこともある。

特殊部隊は、ハイジャック事件や重大テロ事件などの凶悪事件に出動する警視庁の虎《とら》の子ともいえる非常時対策部門だった。思想的背景のある犯罪者や、テロリストへの対処、暴動鎮圧や災害対策、要人警護、各種情報・調査活動などを担当する警備警察部門の中でも、特にSP（セキュリティポリス＝要人警護）と並ぶエリート部門とされている。

選ばれるのは、健康で体力があり、運動能力と判断力、射撃能力に優れた強靭《きょうじん》な精神力を持つ若手だった。

SAT時代、田所は突入時の技術支援担当としては非常に優秀だった。それでも実生活は真面目すぎるほどに真面目で、遠藤もその焦る顔が見たくてよくからかった。頬にうっすらとニキビ跡が残っているのをいつも気にしているが、上から見ると根が素直で純朴な、非常に可愛《かわい》い後輩である。

田所が、この特殊犯捜査係――通称SITにまわされてきたということは、やはり突入時の技術支援面強化を考えてのことだろう。

かたや…、と遠藤はその田所の隣に立つ、すらりと体格のいい神宮寺を、煙たい顔つきを隠そうともせず、じろじろと遠慮なしに眺める。

なんでこいつまで一緒に来るかね…と、遠藤は時に攻撃的にも見えるきつめの顔立ちを、わずかに歪《ゆが》めた。

神宮寺稔、遠藤と同じく今年二十九歳になる男は、学年だけでいえばひとつ下となる。

しかし、遠藤が三月末の早生まれ、神宮寺が四月生まれなので、学年は違うが誕生日などは半月程度しか違わない。

遠藤がSATの指揮班にいた頃から、神宮寺は制圧班の班長だったので、年齢が近い者同士で意識しあうところもある。

本来、警察といえば、年齢関係なしにとにかく一週間でも先に入った者が先輩となる飛び抜けた縦社会、徹底した体育会系組織でもあるが、こいつの場合はどうなんだかね…、と遠藤は思った。

しかも、体格だけでいえば、百八十五センチは軽くあるだろう神宮寺は、遠藤よりも十センチほど高くてスタイルにも恵まれている。格闘技で組み合ったことはないが、射撃の腕については遠藤よりよほど成績がいい。

何よりも気に入らないのは、神宮寺のツラが男らしく引き締まった、それなりに端整なものであることだった。離れていた一年ほどの間に短く刈《か》り込んでいた髪を少し伸ばしたせいか、濃紺のスーツがそれなりに様になっているのも、面白《おもしろ》くない。

若干線の細い遠藤は、最近では年齢よりも若く見られることが多く、多分、端から見ている分には神宮寺の方が数歳は上に見えることだろう。

気にいらねー…、と遠藤は非常に身勝手な理由で、顎《あご》を上げて机の上に頬杖をついたまま、神宮寺を見ていた。

昨日、この特殊捜査班で一番の若手である遠藤は、生方に命じられて、先輩の宮津《みやづ》と共に二人分の机と椅子《いす》とを運び込んだ。

また、SATから二人ほど来るらしいぜ、と機動隊上がりのゴツい身体を持つ宮津に言われていたが、よもやそれが神宮寺だとは…と、遠藤は男にしては形のいい薄い唇を曲げる。

何となく面白くなさそうな気配を悟ったのか、斜め前に座る宮津はニヤニヤと人の悪い笑みを浮かべて見せるので、遠藤がわざと派手に鼻の上に皺を寄せてやると、宮津のニタつきはさらにチェシャ猫のようになった。顔つきが角張っていてゴツいので、スーツに身を包んだ浅黒い宮津がそんな笑いを浮かべていると、どう見ても堅気には見えない。

宮津さん、完全に面白がってるな、と遠藤はそんな男から視線を逸《そ》らす。

神宮寺は神宮寺で、やはり先にSITに来ていた遠藤の存在を煙たく思っているのか、九十度に腰を折ったあと、一度、遠藤と目が合いかけたのをふいと横に逸らした。気に入らないのは、お互い様というところらしい。

いいけどね…、と遠藤は椅子の背にもたれる。

SATとは一字違い、正式名称もよく似たSITと呼ばれているこの警視庁特殊犯捜査第二係は、人質立てこもり事件や誘拐事件といった、人命を楯《たて》に取る悪質な事件などを担当する部署だった。時には、刃物や銃などを持つ相手に強行突入を行うような事件もあり、社会的注目を集めることも多い。

実際に強行突入を試みるあたりはSATと似ているが、SATの場合はSITだけでは対応できないテロ組織による計画的で凶悪な事件も多く、時に犯人の武力排除——つまりは射殺が優先されるのに対し、SITはまず交渉による犯人確保を優先する。

SATがいわば強力な武力制圧部隊でもあるのに対し、SITは基本的に人命を優先する。

その分、犯人との交渉術、説得術に重きが置かれるし、誘拐などでは、犯人についての捜査も行う。根本的に犯罪者の徹底排除を目的としたSATとは異なって、強行突入は最終手段ともされていた。

突入に備えて若さを重視し、ひたすらに体力や反射神経を磨けばよいSATとは違って、捜査や犯人との交渉には熟練した捜査員が必要だし、そうした技術に関しては一朝一夕で得られるものでもない。刑事として、犯人の心理状態を慮《おもんぱか》る長年の経験や勘も必要となる。

そのため、SITに配属される刑事は若くて三十代、もっとも多いのが熟練捜査員の四十代前後で、中には生方のような五十代捜査員もいる。年齢構成を見れば、二十代半ばの隊員ばかりを集めたSATとはまったく異なる組織であることは明白だった。

警察内部でも、対テロ組織の虎の子部署であるSATは何よりも機密保持を優先し、訓練内容すらほとんど非公開としている。これまでSATとSITとの間には合同訓練もなく、互いにまったくの別部署として動いてきた。

もともとSATは、昭和五十二年に起きたダッカでの『日本赤軍ハイジャック事件』を設立起因としている。日本政府は日本赤軍の要求に応じてみすみす莫大《ばくだい》な身代金を支払った上、テロメンバーまで釈放し、輸出大国日本はテロリストまで輸出するのかと国際的に大きな非難を浴びた。

その事件直後に、パレスチナテロ組織によるルフトハンザ航空ハイジャック事件の際、西ドイツは日本とは逆にテロ組織との交渉には応じたものの、要求を徹底して拒否した。最終的には特殊急襲部隊GSG—9が航空機へ強行突入し、わずか五分で見事に犯人制圧と乗客解放を行い、世界的に高い評価を受けた。

以降、日本政府はこれを国際的な信用問題と受けとめ、GSG—9などから装備、訓練などにおいて協力を得て、対テロ部隊のSAT設立を図《はか》った。

一方でSIT自体の設立は、昭和三十八年に四歳の男の子が誘拐直後に殺害された上、身代金まで奪われた事件で、警察側がみすみす犯人を取り逃がしたことを起因としていた。

子供の誘拐はあっても、身代金さえ払えば幼い子供が殺害されることはないという、それまでの世間的な常識、警察の常識を覆す凶悪殺人事件だった。これを受けて、警視庁は誘拐事件専任の捜査部員を置くこととなった。

基本的な設立動機が異なるため、刑事部と公安警備部というまったく異なる部署に設けられたのはやむを得ないにしろ、縦割り組織の警察内部では互いに縄張り意識から対立することも多かった。

それを突入技術に長《た》けたSATが主体となって飛び込み、犯人の要求に対する分析捜査や具体的な交渉をSITが行えばいいのではないかという理由で、まだ若いSATのOBを積極的に特殊犯に引き抜き、人事交流が行われるようになってきたのは、ごくごく最近のことだ。SATのOBに捜査技術のノウハウを伝え、SATの後任養成に役立てようという目的もあるらしい。

それでもやはり、SIT内にはSATあがりの部員を腰掛け要員などと軽視する刑事もいるし、突入作戦以外には即戦力として使えない、捜査経験のない若手を煙たがる空気があるのも確かだった。

遠藤自身は、最終的な強行突入はもちろん、過去の自分の経験から人質の人命確保についても、重きを置きたいと考えている人間だった。

年齢的にSATに留まることが厳しくなってきた以上、そして、より高度な交渉術や犯人分析、逮捕術についても学びたいと思っていたため、この特殊捜査班に移動させてもらえたことはありがたい。

始終、ハイジャックだのシージャックだのが起きるような国も困るが、遠藤がSATに在籍していた時には、具体的な突入作戦、制圧作戦そのものはなかった。

このSITに来て初めて、麻薬《ドラッグ》使用者が東京近郊都市での猟銃を持って元妻を人質に立てこもった事件の際、一班の応援で突入要員として配備されたのが、現場突入の初体験だった。人質立てこもり事件としては極めて単純で規模も小さな事件だったが、やはりいつ実弾が飛んでくるかわからない状況で、ひたすらに本部からの指示待ちをする現場での緊張感は、訓練とはまったく違う。

ハイジャックほどではないが、誘拐や人質立てこもり事件という凶悪事件もそうそう起こるものではないため、まだまだ遠藤はこの特殊捜査班では様々な事件を想定しての訓練中の身でもある。

若手なので、しばらくは現場での突入要員以外で使われることはないだろうが、やがては捜査の要と言われるようになりたい。

そして、自分のような思いをする存在を少しは減らすことができればいい…、遠藤はいつしか窓の外の細かな雨へと視線を移していた。

「遠藤君、飯食いにいこうか？」

先輩の篠口雪巳《しのぐちゆきみ》に声をかけられ、遠藤は椅子の背にかけていたスーツの上着を抱えて立ち上がる。

「今日は食堂ですか？」

「うーん、もうちょっといいもの食いに行きたいね」

少し女性的にも思える名前を持った篠口は、スラックスのポケットに片手を差し入れながら、わずかに首をひねった。

歳ははっきり聞いたことはないが、三十七、八といったところで、もともと端整な顔立ちに、刑事には珍しくいつも柔らかいような笑みを口許に浮かべている。

上背がある上に着ているものもすっきりしていて、同じようにスーツを着ていても、ヤクザにしか見えない宮津とは正反対の雰囲気を持つ男だった。

「天ザルとか、鰻《うなぎ》…ですか？」

「ああ、美味《うま》い天ぷらや鰻も悪くないね。あと、ステーキとかどう？」

「おっ、行きまっす！」

警視庁の食堂のメニューは値段のわりには味がよく好評だが、特別に何かというのとはまた違う。上司も多く出入りしていて気の張ることもあるので、少し凝ったものを食べたい時や、込みいった話などをしたい時には、何となく誘いあって外に出る。

特にこの篠口は気晴らしもあるのか、SIT着任当時からよく遠藤を外へと誘ってくれた。仕事帰りに飲みに誘われることもあるので、けっこう気に入られてるのだと思うし、実際、可愛がってもらっている。

「あいかわらず『食い』に弱いね。遠藤君釣《つ》るなら、食べ物だな」

見場のいい甘めのマスクをやわらげる篠口に、遠藤も明るい声を上げた。

「俺《おれ》の唯一の趣味みたいなものですからねー」

篠口の人となりというのか、持ち前のやわらかい雰囲気が好きだ。宮津のような頼りがいのある体育会系とはまったくタイプは異なるが、とにかくあたりが丸い。

かといって見た目のままにやさしげな男でもなく、一見柔和な態度とは裏腹に非常に頭が切れ、交渉術などに長けているので、遠藤にとっては憧れの存在でもある。

以前、篠口が教えてくれたステーキハウスに二人で向かい、カウンター席に陣取る。

それなりの高級店で夜はかなりの値段になるが、ランチはかなり手ごろな価格で食べられるのが魅力の店だった。昼間は混み合うが、たまたまカウンターの端二席が空いたのは運がよかった。

互いに国産牛のフィレのランチメニューを頼んだところで、篠口が切り出す。

「さっき入ってきた神宮寺君って、SAT出身だろ？　遠藤君の直接の後輩になるの？」

「そうです、一年下の…後輩っていうのか」

「遠藤君のひとつ下でも、まだ三十になってないよね？　若いな」

「若いですかね？　刑事部にいるとまだまだ未熟なことは痛感するんですけど、SATだと体力的には厳しい歳ですよ。自分の限界が見えてくることが多いです」

若いと言われ、遠藤は苦笑する。

文字通り、刑事部にいるとひたすらに人の心理の機微に疎い自分を痛感する。

経験豊富な捜査員は犯罪者の心理だけでなく、被害者側の心理も巧みに読む。人が百人いれば百様の考え方をするように、刑事部に来てみると様々な事件に非常に複雑な裏事情が絡んでいることがわかる。

事件は、表向きに報道されることだけがすべてではない。報道されない事実、報道によってねじ曲がって伝わっている事実もあるということを身に染みて知ったのは、やはりこの特殊犯に来てからだった。

篠口などは現場が長いせいか、もともと洞察力があって人間心理の深みを読む術《すべ》に長けているのか、四十手前にして、遠藤よりもはるかに精神年齢は上に思えた。下手をすると、妙な面子にこだわる一部の四十代の連中よりも、練れているように思える時がある。

「そりゃあ、毎日鍛えていても、やっぱり体力面では圧倒的に若さにはかなわないと思うよ。その分、勘や経験で十分に補えるんだろうけど、年齢的にはいったんSATは卒業の歳か」

「俺も含めてですけど、最近、二係はSAT上がりが増えてますね」

「羽島《はしま》管理官の肝いりだからね」

篠口は楽しそうに笑う。

「羽島管理官ですか…」

遠藤は眼鏡をかけた神経質そうな容貌《ようぼう》を持つ、中年の上司を思い浮かべた。

特殊捜査班をとりまとめ、直接に現場と幹部との調整を図る専任管理官で、異様に頭が切れると評判の男だった。普段はほとんど私語がないらしいが、合同操作訓練の時に話す声はけっこう甲高く、見た目の印象とは少し違った声だなといつも思う。

「前に一係で突入の時に窓を超えられない刑事がいて…、まぁ、年齢的に五十超えてたから厳しい高さだったんだけど、それが管理官をブチ切れさせてね。現場で足手まといになる刑事はいらん、突入の際には、もっと若くて動けるメンバーを入れとかなきゃダメだって」

ふふん…、とその様子を目の当たりにしたらしき篠口は、目を細めた。

実際に操作指揮の現場責任はすべて管理官の肩にかかってくるので、動かせない駒《こま》はいらないという管理官の気持ちはわからないでもない。

「一係はそれでもSATからの人員は欲しくないって、入れるなら刑事経験のある人間にしてくれって高嶋《たかしま》係長が頑固に突っぱねてるけど、生方係長はSATからも幅広く受け入れて、育てた人材をまたSATに返すのもお勤めのひとつだって考え方だからね。でも、生方係長もそれなりに一定ラインを満たす人材じゃないと受け入れないとは言ってるから、誰《だれ》でも受け入れますよってわけでもないでしょ」

「一定ラインって…」

「ああ、現場で使える頭脳派を寄越せって。だから、安心していいよ」

やさしい顔でさらりと怖いことを言ってのけ、篠口は首をかしげる。

「神宮寺君は指揮か、リーダーかなんかしてたの？」

「俺の知ってる限りでは、制圧一班の班長やってました」

「優秀だねぇ」

楽しそうに目を細める篠口に、ワンテンポ遅れて遠藤は頷《うなず》く。

「ええ…、まぁ、確かに」

ちょうどその前に、ミニサラダとスープが並べられた。

そんな遠藤を見て、篠口は穏やかに笑う。

「歳が近いと、なかなか複雑な気分？」

「いや…、篠口さんだから言いますけど、神宮寺自身はあまり俺のことはよく思ってないだろうと思います。ひとつ下っていっても、俺が早生まれな分、誕生日なんか二週間程度しか違わないですし。前から相性悪いっていうのか、愛想悪いっていうのか…」

目の前の熱い鉄板の上にバターと油が敷かれ、手際よくニンニクが炒《いた》められてゆくのを見ながら、遠藤は言葉を濁す。

「まぁ、実際、ひとつ下っていうのは歳が近い分、互いに意識しやすいっていうのか、学校や職場でも仲いいっていう方が少ないよ。これが二つ、三つって歳が離れると、わりに仲良くやれたりするんだけどね」

「そういうものですかね」

食欲を誘う香りに行儀悪く頬杖をつきながら、遠藤は相槌《あいづち》をうつ。これが仕事中でなければ、ビールの一杯もひっかけたいところだった。

「神宮寺って、やっぱり仕事できそうに見えますか？」

尋ねると、うん…と篠口は頷く。

「リーダー格っぽいっていうのか、ちょっと目を引くよね。平《たいら》君は職人肌っていうのか、天性のスナイパーっぽいし、今度、神宮寺君と一緒に入ってきた田所君はいかにも真面目そうで、気を遣って隊の雰囲気をよくしようとするムードメーカーみたいだけど。神宮寺君はかなり腹の据わってそうに見えるし、伸び代もありそうだよ」

篠口のいう平は、遠藤にとっても数年先輩にあたる、やはりSATから引き抜かれた要員だった。SAT上がりとしてはそう体格に恵まれているとはいえない、中背のごくごく目立たぬ容姿の男だったが、まさに典型的なスナイパータイプで、SAT時代も射撃班に所属していた。

今も特殊捜査班きっての射撃成績を誇っており、特に狙撃用ライフルを使わせると警視庁内で右に出る者がいないというほどの腕だった。

普段から寡黙で、淡々と自分に課された仕事を遂行するタイプでもある。

理想的なスナイパーは、正確な狙撃の腕を持つことも確かだが、性格的にまず一にも二にも忍耐強く、自分の気配を完全に殺せるほどに慎重でなければならないとされている。平などは、まさに慎重で寡黙、その典型的なタイプであるともいえた。

一重の細い目を持った口数の少ない男は、遠藤もSAT時代から知っているものの、性格的に派手さがないため、今も昔もそう親しい仲とはいえない。

しかし、篠口の表現は確かに的を射ており、その腕と堅実な性格には遠藤自身も、そしておそらく特殊捜査班第二係のメンバー全員が、親しさ以上に深い信頼を寄せていた。SAT上がりを敬遠する古参刑事とて、この平に関しては一目置いていることがわかる。

それは平が遠藤より先に特殊捜査班にまわされてからというもの、自分の腕を笠に着ることもなく、あの職人気質《かたぎ》の性格で数年をかけてひとりでコツコツと築き上げてきた信用だった。

チームワークはもちろんだが、仲間からの絶対的な信頼というものは、一朝一夕に築けるものではない。そういった面においては、遠藤から見ても見習うべきところの多い存在でもある。

「俺に伸び代ないみたいじゃないですか」

笑うと、そういうわけじゃないよと篠口は柔らかく持ち上げてくれる。

「遠藤君は、いかにも頭切れそうだったからね。あと身のこなしに隙《すき》がないっていうのか、敏捷《びんしょう》な獣っぽかった。実際に話してみると、見た目以上に人なつっこくて可愛いところ多いけど」

「いやぁ、照れます。篠口さんにそんな風に言われると、照れるっ。もしかして、ここ、俺の奢《おご》りですか？」

「いや、年齢的に奢らなきゃいけないのは、僕の方でしょ」

でも、お昼は割り勘ね、と篠口はさらりとドライに言いまわしてのける。

篠口のこういう甘やかす感覚と軽く突きはなすような感覚とのバランスが、本当に楽で好きだ。甘えさせてもらっているとも思う。もう家族のいない遠藤にとって、少し歳の離れた兄がいたら、こういう距離感だったのだろうかと思うこともある。

「しかし、団塊世代の退職と刑事部全体で異動があったせいもあるけど、確かにここのところ、SATから多めに引き抜いてるね」

「ですかね。俺にとっては、勉強させてもらえる分、去年のこの特殊捜査班への異動は嬉《うれ》しかったですけど…、そんなにSAT出身って異色なんでしょうか？」

遠藤の問いに、う～んと篠口は唸《うな》った。

「SATって、組織構成自体がまったく不透明だからね。在籍中は端末内の所属名が抹消されてるんだっけ？　あれだけ徹底した機密組織は、他にほとんどないだろ？　中がまったく見えないんだよね。だから、よけいに気になるっていうか…」

いい色合いに焼けるステーキを見ながら、篠口は悪戯《いたずら》っぽく目を細める。

「とにかく体育会系ですけどね。『闘志なき者は去れ』みたいな感じで、ハードですよ」

「そういえば遠藤君、あれできるの？　あのヘリからロープで降下するやつ。高いところはともかく、俺はあの空中からロープ保持だけで降下っていうのは、できないなぁ。高所恐怖症以前の問題だよ」

篠口は論外だと言わんばかりに、眉《まゆ》を寄せる。

「あ、ヘリ降下ですか？　やれます。というより、ひととおり訓練でやらされますよ」

遠藤は言いかけ、つけ足した。

「神宮寺は実際に大統領来日の時に、航空隊と連携してヘリ使って上空警護についてましたね。ビル上空からの狙撃に備えるために」

「君は？」

「警備指揮です。俺の数少ない経験っていうのか、まぁ、テロなんか始終起こるようじゃ困るんですけど、実際の出動に関しては要人警護が一番多かったですね」

「事件なんか起こらないに越したことはないからね。いいじゃないの、俺達は抑止力で。税金泥棒って呼ばれてもさ…。実際に事件が起こって、罪もない同僚や人質が殺されたりすると、たまらないよ」

皿の上に載せられる焼き上がったフィレ肉を見ながら、篠口は片頬だけで笑ってみせる。

詳しくは知らないが、篠口は昔、親しかった同僚が殉職したのだと聞いたことがある。まだその同僚が刑事でも何でもない、交番勤務だった頃の話らしい。

「そうですね」

かつての自分の両親を思いながら、遠藤も静かに相槌をうった。

確かにいくら事件に備えた部署とはいえ、実際には事件など起こらないに越したことはない。親しい者が巻き込まれて悲しむ人間など、ひとりでも少ないほうがいい。

自分がこんな目にあったとあらいざらいぶちまけられるのは若いうちだけだと、遠藤と入れ違いに退職した刑事に聞いたことがある。

人は歳を取れば取るほど、過去に抱えた疵《きず》を打ち明けられなくなる、そして打ち明けにくくもなる。その疵を黙って抱え、痛みを堪えて歩み続けなければならなくなるのだと…。

歳を重ねることは、そういうことなのだと理解している。

おそらく、篠口もそうなのだろう。

自分のような寂しい思いをする人間、辛い思いをする人間を、ひとりでも減らしたいから…。

だからこそ、今、この仕事につけた自分は恵まれていると思いたかった。

Ⅱ

「神宮寺、荷物片付いたか？」

廊下側に開け放していたドアをノックしながら、大柄な男が顔を出す。

寮に戻って、黒のカットソーとジーンズに着替えた神宮寺は、個室に造りつけのロッカーに服を入れながら頷いた。

「はい、だいたいは」

顔を覗《のぞ》かせた男は、今日配属されたＳＩＴにいた男だった。名前は確か、宮津といった。

遠藤と親しそうなのと、前後に厚みのある大柄な体格で印象に残ったが、この寮にいるということはまだ独身なのだろう。

年齢的には、まだ三十五前後といったところか…、と神宮寺はざっと推測する。

しかし、独身寮ではほぼ最年長にあたる。

基本、警察官は独身中はよほどのことがない限り、独身寮に入ることが要求される。

仲間同士の結束を高めるため、警察という縦社会に完全に組み込むためなどと理由は色々あるのだろうが、基本は有事の際の待機寮であるという考え方が大きい。だから職場にすぐに駆けつけられるように勤務先のすぐ近くに設けられており、配属が代われば寮も異動になる。

そして職場同様、寮内でもやはり上下関係は厳しく、寮設備は古い。

都内の寮はほとんど昭和に建てられており、改修工事はあっても、基本的には古びた鉄筋コンクリート造りのもので、男ばかりが集まって住むだけに、汚い、暗い、狭いと三拍子揃《そろ》っている。個室ではなく、相部屋となる寮も多い。この寮などは個室な分だけ、まだ恵まれている。ありがたいのは、都内の物件とは思えないほどの寮費の安さぐらいだった。

しかし三十五を超えると、さすがに独身寮でもだんだんと居づらくなってくるので、ひとり暮らしをはじめる者も多い。

「食堂で入寮歓迎会するから、来いや」

「ありがとうございます」

「おー、慣例行事、慣例行事。俺らは酒が飲めていいわな。お前、けっこう飲むの？」

「いや、人並み程度です」

「ふん、人並み程度に飲めたら上等。まぁ、固くならずにいこうや」

宮津の言いようから察するに、相当に飲む口なのだろうなと神宮寺は思う。

入寮歓迎会は入寮者がいるたびに行われるが、たいてい二日酔い寸前まで飲まされる。最近はアルハラなどというのも意識されて、まったくの下戸相手の場合は自重もされるが、そこそこ飲める人間にはやはり容赦《ようしゃ》ないアルコールの洗礼が待っている。

「お前、昼間は眼鏡かけてなかったか？」

宮津は不思議そうに神宮寺の顔を覗き込んだ。昼間、セルフレームの眼鏡をかけていたことを言っているらしい。

「もとは遠視気味なんですけど、最近、ちょっと乱視が進んで。書類作業の時は眼鏡かけてます」

「あー、乱視か。なるほどね。ツラがいい奴は、眼鏡かけててもカッコいいねーって思ってたんだけど」

「乱視はけっこう、手許見る時に目が疲れますよ。あと射撃成績が少し落ちました」

「なるほどね、いいことばっかりじゃないってことか」

などと言っているうちに、階下の食堂につく。

「おうおう、入れー」

歓迎の声をかけてくるのはやはり先輩株ばかりで、年下のものは目礼や会釈をしてくる。

すでに田所も席に着いている中、神宮寺はラフな格好でテーブルに着いた遠藤の姿を見つけた。

目が合いそうになったところで、ふいと顔を背けられる。

いい歳して、そんなに露骨に嫌な顔するか…、神宮寺は一瞬遠藤が見せた顔に、溜息をつきたいような思いになる。ある程度予想していた反応とはいえ、顔を合わすのはほぼ一年ぶりだというのに、あまりに嫌そうな顔を見せられ、複雑な気分となったのは確かだった。

今日はキツめの印象を少しやわらげるきれいなペールピンクのデザインシャツを着ているのに、しかもそれがけっこう似合わないわけでもないのに、もったいないなと神宮寺はそんな遠藤を視界の端に収めながら思った。

久しぶりに顔を合わせた照れくささと喜びもあって昼間は気づかなかったが、SATにいた頃より少し肩まわりなどが細くなったようだ。

SATにいれば、連日ハードな訓練に次ぐ訓練に加えて、訓練後も自主トレという名の走り込みや組み合いなどが当たり前に行われているので、今のSITの週一ペースの突入訓練では若干筋肉が落ちるのはわかる。

遠藤がＳＡＴにいた頃は細身ながらもそれこそ全身バネのような筋肉をしていたが、肉の付き方としては今ぐらいの方が好みかもしれない…などと思いかけて、神宮寺は頭をひと振りする。

だいたい遠藤という男は、それなりに頭は切れるくせにずいぶんと神宮寺に対する反応は子供っぽい。子供っぽいというより、もはや『大人げない』という域に達している。仕事の判断のキレを、神宮寺に対してはまったくいかそうとしていない。

しかも他の後輩はけっこう可愛がるくせに、これが対神宮寺になるとかなり露骨に邪険なものとなる。もともと遠藤自身は同僚や後輩には開けっぴろげな性格だが、あれはないだろうと常々思う。

基本になるのがライバル意識なのか、ソリが合わないという理由なのかは知らないが、とにかく顔を合わせたくなさそうなのはわかる。

その分、裏表がなくてわかりやすく、計算のない分潔くもあるが…、と神宮寺は心の中で密《ひそ》かに思う。まるで頭の切れるガキ大将みたいなところのある男だった。

ＳＡＴ時代のように、ひとつしか違わない神宮寺がすぐ下につくと気に入らないというのはわかるが、顔を合わせるだけでもそんなに面白くないものだろうか。

自分に特別に可愛げがないというならとにかく、職場などでは普通に先輩らに接しているつもりだし、目立って憎たらしいだとか、生意気だといった評価をされたことはないのだが…。

これはやはり、あのソープランド事件がいまだに尾を引いているんだろうなと、神宮寺は目を伏せる。あれ以来、とにかく生意気な男だと思われているらしい。謝りたいのだが、よほど遠藤の勘に触ってしまったのか、ほとんど無視に近い扱いを受け、なかなかその機会もないままに今に至る。

この様子では、遠藤がいるからＳＩＴに行きたいなどという理由で、神宮寺がＳＩＴへの配属希望を出したなどと聞けば、どんな顔をされることか。

「神宮寺、また戻ってきたのか？」

席に着くと、顔馴染《なじ》みでもある先輩の荒木《あらき》がリッター缶からグラスにビールを注いでくれる。

目の前に並べられている大皿には、後輩が買いにやらされたのだろうつまみやスナック、揚げ物、おにぎりなどが、いかにも独身寮らしくてんこ盛りに盛られている。ビールの二リッター缶の横には、焼酎《しょうちゅう》や日本酒の紙パックが何本も無造作に置かれていた。

この野郎臭さ、むさ苦しさ、全体的に漂うヤニ臭さ、侘《わ》びしさみたいなものは、多少、異動で所属寮を変わったところで変わらない。どれだけ都心であろうと、なぜ二十を超えた男達がひとつ屋根の下に集うと、こんな場末感が漂ってしまうのか不思議だ。

「戻ってきました。また、お世話になります」

一礼すると、斜め前に座った宮津が不思議そうな顔を見せる。

「もともと、ここの寮にいたのか？」

「一番最初に入ったのが、ここです。そのあと、配属が変わったので転寮してますが」

「俺が面倒見たのよ」

荒木がご機嫌で笑う。

「気持ち悪いなぁ、男の面倒見たなんてニタニタ笑う奴はよぉ」

宮津が混ぜっ返す。対等な口の利き方を見るところ、どうも荒木とは同期らしい。となると、やはり三十四、五歳で、寮内では最古参に近い。

「どうよ、変わんねぇだろ。あいかわらず、ムサい、男臭い、この世の地獄っ。あー、早く可愛い嫁さんもらって、出ていきてぇ。このままだったら結婚が先か、寮を追い出されるのが先か」

かーっ…、と首筋をぼりぼり掻《か》いてみせる荒木に、神宮寺は笑って頷く。

「久しぶりで懐かしいです。本当に全然変わんなくて」

「おい、男前がお前のこと、昔と変わらずにムサいって言ってんぞ」

宮津が荒木をからかうのに、荒木は顎を反らしてみせる。

「うるさいよ、水虫持ち。俺のこと、ムサいだのなんだの言うのは、お前の水虫治してからにしろよ」

「水虫は誰しもに可能性のある、ニキビみたいなもんだろ？　俺の肌はデリケートだから、白癬菌ちゃんに虐げられてんだよ。そんなこと言ってたら、お前にも移るように呪いかけるぞ」

神宮寺を挟んでやいやいと言い合う二人に、テーブルの端の方から声がかかる。

「先輩、そろそろ乾杯の音頭取ってください。いつまで経っても、酒が飲めません」

荒木の二つ下、神宮寺にとっては先輩にあたる男に、神宮寺は目礼をする。それを横目に、寮長の荒木が立ち上がった。

「えー、はいはい注目っ。新たに転寮となってきた神宮寺君、そして田所君、三田村《みたむら》君、中根《なかね》君の入寮を祝し、これよりよっぴいて飲み明かしたいと思います。それでは皆様、グラスをお持ちください」

荒木の乾杯ーっの音頭と共に、いっせいに声が上がる。

あとは何度となく経験してきた、いつも通りの体育会系の飲み会だった。

グラスを呷《あお》り、同じテーブルに着いている先輩後輩も含めて、ひととおりアルコールを注《つ》いで回った後、神宮寺は遠藤のいるテーブルに移った。グラスのやりとりで、神宮寺自身もやや酔いがまわりはじめたせいもある。

遠藤がSITに移ってからはまるまる一年、もともと互いに意識するところがあるせいか、ほとんど会話らしい会話もなかったので、これを機に少しでも話ができればと思った。

「神宮寺です、よろしくお願いします」

わりに若いメンバーが揃っているテーブルに声をかけると、輪の中心にいた遠藤を含めて、ほとんどが神宮寺のほうを見る。アルコールにさほど強くない遠藤は、すでに頬を上気させている。

神宮寺が来て面白くないような顔を見せたが、やはり宴会の雰囲気に浮かれているせいもあるのだろう。グラスを手に、目許の薄赤いちょっとふわんとした目で、それでもやや顎を上げて挑発的な仕種で神宮寺を見ている。その突っ張ったようなお高くとまった表情が、何となく可愛いかもしれないと思ってしまうところが、自分でも重症だと思う。

異性になると、本来、こういう気の強いタイプはそう好きでもないのだが、なぜ、遠藤に限っては悪くないかもしれないと思ったり、この突っぱねるような感覚が癖になるなどと考えたりしてしまうのか…。

元来、異性にさほど不自由がないせいか、これまで神宮寺は同性には興味を覚えたことなどなかった。なのに、この遠藤相手に限っては、時々どうしようもなく胸を締めつけられる。おそらく当の遠藤にも理解できないだろう、中学生、高校生を笑えないほどに不器用で一方的な想いを抱《いだ》いてしまう。

神宮寺が精一杯の知らん顔を装って端から酒を注いでいくと、遠藤の手前三人ほどになったあたりで、遠藤はしれっと席を立っていこうとする。

すっとその場を離れようとする男の手首を、神宮寺はとっさに腕を伸ばしてつかんでしまった。

「ちょっと、どこへ行こうっていうんです？」

腕をつかまれたまま、遠藤はきつい目で睨《にら》んでくる。

「…ああ、すみません」

反射的に手首を握ってしまったが、確かに後輩が先輩に取る態度ではないと、神宮寺は指の力をゆるめる。

こんな真似《まね》をすれば、先輩でも気性の荒い相手によっては、即座にぶっとばされかねない。そして、ぶっとばされても文句は言えない。遠藤自身も、かなり気性は激しい方だ。

それでも一度握ってしまった手は、容易には離せなかった。骨っぽい、少し体温の高めの手。華奢《きゃしゃ》ではないのに、手の中にしっくり馴染む。

馴染むと思ってしまうと、余計に離したくなくなるから、我ながら重症だ。

「酒取りに行こうかと思って」

素っ気ない遠藤の声に、嘘《うそ》つけ…と思う。

「悪かったか？」

この手を離せと言わんばかりの邪険さすれすれの仕種で、遠藤は手首を払う。

大人げない…。

確かに口をきくきっかけにしたくて、端から順番に真面目に酒を注いでまわった自分もどうかと思うが、この態度はないだろう。

「すみません、酒だけ注がせてもらっていいですか？」

「いや、俺は別に…」

言いかけて、さすがにそれは先輩としてどうかと思ったのか、遠藤は座っていた位置へと戻ると、

グラスを出す。

「ご無沙汰《ぶさた》してます。まったくの畑違いになりますので、色々教えてください」

「…おう、頑張ってくれ」

まったく気のない返事が返る。

やはり、あのソープランドの件は、遠藤の神宮寺に対する評価に色濃く影を落としているようだ。

そもそもソープランド事件は、遠藤が寮の風呂場で、風俗に行った時の赤裸々な武勇伝を仲間内で誇張混じりに笑いながら話していたのが発端だった。なぜかそれが、偶然、捜査の泊まり込みで寮の風呂だけを使いに来ていた四角四面な上司の耳に入ってしまったらしい。

遠藤も、今よりはるかに若かった。はしゃいでいた上に、小綺麗《こぎれい》な顔に似合わずシモネタ好きな存在だったのが、上司のお気に召さなかったとも聞いている。軽薄、軽率であると大目玉と厳重注意を食らった遠藤は、罰として訓練用のグランドを二十周させられている。

遠藤がグランドを走らされている時、たまたま同じグランドで神宮寺は同期と一緒に自主的な走り込みをしていた。罰で走っている遠藤とは違い、もっと軽いのりで走っていたので、色々と軽口も叩《たた》いていた。

まさか、遠藤が風俗での武勇伝を上司に聞かれ、その罰としてグランドを走っていたなどとは夢にも思わなかった。黙々と真顔で走っていたものだから、ひとりで訓練のためにストイックに走り込んでいるのだとばかり思っていた。

遠藤の存在はずっと気になってはいたので、ちらちらと走る際にすれちがう遠藤を意識したせいもあるだろう。どうもその時、同期との話の成り行き上、神宮寺が『信じられないな』などと走りながら笑っていたのが、遠藤自身を笑ったと思われてしまったらしい。

人からの又聞きだが、遠藤がそう言って馬鹿《ばか》にされたと、神宮寺に対して半端なく腹を立てていたと聞いた。

別にあれは遠藤を笑ったわけではなかったのだが、とにかく間が悪かった。多分、神宮寺が遠藤の立場でも、状況的に自分を笑ったと思えるようなタイミングだった。

キツい顔立ちの気の強そうな年上のスレンダー美形が気になって、初恋の相手を意識する中学生のようにちらちら脇見《わきみ》をしてしまいました、話す声が不自然に大きくなってしまいました…、などとも今さら言えない。本当に中学生レベルの意識の仕方だと、今も思うからだ。

年相応の恋愛感覚とは、どんなものだっただろうか。けっこう意識してまともに相手といい仲になりたいと思うと、年齢など関係なく難しい。

年齢的にベストなのは、相手にもそこそこ気があるのがわかって、何度かデートなどに誘って、そのままつきあい出すというものだろう。いずれ結婚なども視野に入れてゆくというのが、自然な気がする。ある程度つきあって、合わないと思えばそのままさらりと別れる、多分、そういうのが妥当だ。妥当すぎて、これまでそんなつきあいに疑問を感じたこともなかった。

自分に反感に近い感情を抱いている相手を振り返らせたいなどというのは、時間的にも無駄だし、普通なら諦めるほうがてっとり早い。これが友人の話なら、そんな労力に見合うほどの相手なのかと、まずは尋ねてみる。

しかも、同性だ。

他人事なら話を聞いただけで、それはまず成就しないだろうと思うはずなのに…。

薄く目許を染めた遠藤は、神宮寺がビールを注いだグラスに、立ったままで一応、口だけはつける。

いつもの切るようなキツい目つきもいいが、このほんのりピンクに染まった目許は普段の気の強さの分、隙だらけに見える。

遠藤相手にこんな馬鹿馬鹿しい想いを抱くのは自分ぐらいのものだろうが…、と食いつくような目で露骨に見ていたのがばれたのか、遠藤はうっすら染まった目許を再び吊《つ》り上げる。

「何見てる？」

「いえ…、あの、けっこう飲んでるみたいですけど大丈夫ですか？」

ちょっと可愛いなと思っていたなどとは言えず、神宮寺は言葉を濁す。これも大きなお世話だと、突っぱねられるのかもしれない。

もともと遠藤に必要以上に毛嫌いされていることはわかっているので、どうにも気の利《き》いたことが言えない。これ以上、嫌われまいと守りに入るあまり、余計にそれが裏目に出る。

「上から俺を見下ろすな」

頭の回転が速くて口が立つ分、遠藤ならいくらでも神宮寺を言い負かすことができるはずだが、この言い分はイチャモンに近い。

「…すみません、気をつけます」

そんな子供じみたことを…と思いながら、神宮寺は目を伏せた。

「中根健二《けんじ》、麹町《こうじまち》四丁目交番配属となりました！　二十二歳ですっ！　どうぞっ、よろしくお願いしますっ！」

そこへ新たにテーブルにビールのリッター缶を抱えた新人がやってきて頭を下げ、座がおおいに沸いた。

大声に振り返った遠藤も笑顔となり、手を叩いて後輩を迎える。そして、酌を受けるために手にしていたグラスを一気に空けた。

また、無茶な飲み方して…と思ったが、口には出せない。

ひとつ屋根の下、そして同じ職場に配属になれただけでもついていると思うべきかと、神宮寺は情けないような思いで未練がましくその背を見送った。

Ⅲ

翌朝、神宮寺が出庁すると、生方係長の机の横に長身の男が立って話しこんでいた。

昨日、挨拶《あいさつ》した時には篠口と名乗っていた男だ。

一見、やさしげなインテリ風の男で、雰囲気的にも刑事には見えない。顔立ちも悪くなく、着ているスーツの好みもソフトだった。初対面で警視庁勤めだと思う人間は、まずいないだろう。

寮にいる刑事部の人間は、一見どこにでもいるようなサラリーマン風に見えても、ちょっとした瞬間の目つきが鋭かったりと独特の共通した雰囲気があるので、篠口はかなり異色に思える。

多分、三十代後半だろうが、遠藤とは席も近くてずいぶん親しげに話しこんでいたので、特に印象に残った。鼻っ柱の強い遠藤が無条件で懐いているらしき様子から、相当にこの男を信頼しているのだと思った。

なんとなく目の端でその姿を観察していると、篠口は振り返る。

「神宮寺君、田所君、ちょっと来て」

招かれて田所と共に立ち上がると、篠口はホワイトボードに会議室三と書き込む。

「実地訓練に入る前に、ある程度のうちで扱う事件内容のレクチャーするから、筆記具持ってこのフロアの第三会議室に来てくれる？」

こういう役目に慣れているのか、篠口の言葉は淀《よど》みない。

「すみません、俺も一緒にいいですか？　もう一度、頭に入れ直しておきたいんですが」

遠藤が挙手して立ち上がるのに、篠口が生方を振り返った。

「いいだろう」

生方は言葉少なに頷く。

「ありがとうございます」

遠藤は嬉しそうに筆記具を抱えて立ち上がる。仕事熱心なのもあるのだろうが、わざわざ進んで篠口の講義を聞きたいというのは、それだけ親しく、相手の能力を信頼しているせいもあるのだろうな、などといらぬ邪推をしてしまう。

いかにも優男《やさおとこ》風の篠口になんとなくわだかまりを感じながら、神宮寺は二日酔いで鈍く痛む頭を抱えて、第三会議室へと移る。

やはり歓迎会という名の強制飲み会は、夜中過ぎまで続いた。体内にがっつり残ったアルコール分を抜くべく、朝からスポーツドリンクとミネラルウォーターを大量に飲んでいるが、まだ気分はすっきりしない。

田所に至っては、顔全体が浮腫《むく》んでしまっている。そばに寄るとぷんとアルコール臭《しゅう》が漂って、見るからに辛そうだった。

「何？　昨日、寮の歓迎会だっけ？」

十数人が入れる手狭な会議室で、パッとしない顔つきの後輩に気づいたのか、ホワイトボードの前の篠口は苦笑する。やはり寮上がりだけに、転寮時の酒の洗礼については思いあたるところがあるらしい。

「あれはキツいよな。田所君、ちょっと水分とったほうがいいよ。何だったら、机の上に飲み物置いといてくれていいから」

「すみません、ありがとうございます。大丈夫ですから」

明らかに大丈夫ではない黄色みを帯びた顔で、田所は頭を下げる。

篠口は苦笑すると、ちょっと待っててと部屋を出てゆく。そして、すぐにペットボトルを抱えて戻ってきた。二本はスポーツドリンクで、一本は普通の日本茶だった。

「田所君と神宮寺君はスポーツドリンクで。遠藤君は、要領よく抜け出したみたいだから普通にお茶でいいよね？」

「ありがとうございます」

「頂きます」

会議机の上に気さくにペットボトルを置いてくれる篠口は、悪い人間ではないらしい。礼を言って頭を下げ、言葉に甘えて口をつけたものの、そんな篠口の余裕にはやはり微妙に困惑する。焦りにも近い感覚なのかもしれない。

「じゃあ、飲みながらでいいから、話聞いてて。遠藤君が去年異動になった時は、こういう形でわざわざレクチャーしてないから、ちょうどいい機会かもしれないね」

遠藤と仲のいい同僚は数いれど、どうしてこの篠口に限ってはこんな妙な感覚を覚えるのだろうと思いながらも、神宮寺はホワイトボードの前に立つ長身の男を眺める。

「ハイジャック、立てこもり、誘拐事件といった人質事件で犯人と交渉に当たる場合、犯人は大きく分けて三つのパターンに分けられる」

そんな神宮寺の微妙な感覚を知ってか知らずか、篠口はさっさと本題に入る。

「まずは金銭目的の犯罪。人質を取る場合は犯人にとって逃走経路の確保が難しいけれども、時間をかけることなく、一番手っ取り早く多額の金を請求できる。人質はまったくの赤の他人ということもあるが、誘拐、立てこもりの場合は怨恨《えんこん》が絡んだり、相手が顔見知りや家族ということも多いから、捜査の際には犯人を突き止める際にまず留意しなければならない」

篠口は要点を手早くホワイトボードに書き出しながら、説明してゆく。読み取りやすい、知性を感じさせる字だった。

「第二に、何らかのイデオロギーによって動く犯人。ハイジャックにおけるテロ組織などが一番わかりやすい例だけど、他にもこれまでの日本ではあまりメジャーではなかったが、宗教絡みもまったくないわけじゃない。これは日本では様々な諸事情により、報道でも最後まで伏せられる、あるいは犯人逮捕後も公《おおやけ》にされないことが多い。この種の事件は、国際化によって外国籍の人間が増える、あるいは異文化や多様な宗教が入ってくることにより、これから増えてゆくと思われる」

そして…、と篠口は言葉を継いだ。

「最後に用心しなければならないのが、パラノイアタイプ。実はこのタイプが一番、交渉に当たってはやっかいともいえる。例を挙げれば、犯人が『レインボーブリッジの下をくぐってみたかった』などと語った、全日空六十一便ハイジャック事件。日本におけるハイジャックで、唯一、人質に死人を出した事件でもある。一見、犯人がまともに見える、あるいは普通に交渉に応じているように見えて、実はまったく捜査班の理解を超えた動きをすることが往々にしてみられる。麻薬使用者などもおおまかにわけて、このカテゴリーに入れていい。いきなり逆上して人質を殺害したりすることがあるから、相手がこれに類するとわかった場合、最大限に用心することが大事だ」

篠口はわかりやすく内容を初心者向けに嚙《か》み砕きながら、次々と説明してゆく。

たまにおさらいも兼ねてか、遠藤に解説をあえて振ったりして、こういった指導には向いた性格であることに加えて、この男が見た目以上に切れることがわかった。

それでも、篠口が遠藤と話しているのを聞いていると、宮津と遠藤の仲がいいのとは違い、何か言葉にできない不思議なモヤつきが残る。うまくはいえないが、単なる体育会系の仲のよさとは微妙に違うような印象を受ける。

なんだ、面白くないな…と、神宮寺は広げたルーズリーフにペンを走らせながら思った。

Ⅳ

寮の風呂の洗い場で肩をしょんぼり落とした田所の後ろ姿を見かけ、遠藤は苦笑する。

「田所」

隣の洗い場の椅子に腰を下ろしながら声をかけると、後輩の疲れの滲《にじ》んだ顔が見上げてきた。

「どうした？　景気悪い顔して」

「…いや、俺、つくづく体育会系だったんだなぁと思って、ちょっと嫌になってたところです」

遠藤は苦笑する。

「そりゃ、確かにこれまでＳＡＴにいたのにいきなり特殊捜査班は辛いよな。誘拐訓練で被害者家族役ふられて、凹《へこ》んだクチか？」

「凹みますよ、マジ凹み。『お前、そんな電話対応してたら、俺は刑事だって言ってるようなもんじゃねぇか。刑事ってばれた時点で、犯人が人質殺すぞ。刑事が人質殺してどうするんだ、お前が死ね』って…。俺、マジで泣きそうになりました」

「死ね死ね言うのは、谷崎《たにざき》さんか？」

「はぁ…」

浮かぬ顔でもそもそと身体を洗う後輩に、訓練中に激昂《げっこう》しすぎると『死ね』を連発する指導員の刑事を思い出し、遠藤は尋ねる。

「よく地方から誘拐訓練に来る婦警の女の子が泣かされてるしなぁ」

「女の子泣かしても、夢見が悪いだけですよね」

「うん、女の子は子供誘拐事件なんかで、被害者の母親に代わって、若い母親役で電話対応させられること多いから、うちに訓練にくるんだよ。被害者の母親って取り乱してるから、代わりにうまく犯人から有利な状況を引き出すために、上の指揮に従って取り乱した振りするんだけどさ。難しいぞ、あれは。女じゃなくてよかったたって思うもん」

「…そんな、すげぇんすか？」

「もう、『そこで泣け、すすり泣け』とか、『もっと声震わせてオドオドしろ！』とか、『お前、大事な子供取られた母親だぞ！　動揺ぶりが足りないじゃねぇか！』とか」

「劇団みたいですね」

　あー…、と身体をざくざく洗いながら、遠藤は湯気でくもった鏡にシャワーをかける。

「実際、谷崎さんが被害者家族の代わりに他班と交渉してたら、ちょっと震えくるぐらいにすごいからな。演技派だよ、あの人。下手な俳優よりも真に迫ってる。機転も利くし、独特のペースで犯人から交渉権つかむんだよ。そのペースをこっち側で握らないと、いつまでも向こうにふりまわされることになるからって」

「それはわかるんですけど…、そうなった時に俺って本当に機転も利かないし、頭悪いなって」

「そうは言うなよ。誰だって、最初からそんなにうまくいかねぇって」

「遠藤さんも怒鳴られたクチですか？」

「俺？　怒鳴られまくりだよ。全然演技にも何にもなってないって、犯人を口で言い負かそうと思うなって、実際に後ろから頭叩かれたし」

　あっけらかんという遠藤を、田所は羨ましそうに見る。

「遠藤さんって打たれ強いですよね」

「無神経って言うんだよ、遠藤みたいなのは」

　隣の洗い場にいつのまにかやってきていた宮津が、ニヤつきながら突っ込んでくる。

「お前、本当に谷崎さんにけちょんけちょんに言われてるのに、堪えないよな。谷崎さんがぼやいてたぜ、あんなに無神経な奴だとこっちが参るって」

「…そんなに酷《ひど》いんですか？」

呆《あき》れたように口を開いた田所の頭を、遠藤ははたく。

「うるさいよ、訓練中にそんな多少のことで懲りてどうするんだよ」

「そうそう、お前が懲りたのは、上司の前でシモネタをご開陳することぐらいだよな」

「男が多少シモネタ話してたからって、そんなに目くじら立てますか？　そんなことでどうこう言う器の小ささが、俺は情けないですね」

「お前のシモネタ、ちょっと半端じゃないだろ。出したの入れたの、女がどんな声上げたのって、三文ポルノ小説かよってぐらい独創性に富んでるしな。しっかも、風俗取り締まる側の警察官がソープで本番がどうって、アホか。よくそれだけで許してもらえたよ。そんなこと赤裸々に聞かされたら、俺だってグランド三十周ぐらい走らせたくなるわ」

ギャハギャハ笑う宮津に、遠藤は苦く言葉を濁す。

「…二十周です」

あの神宮寺に馬鹿にされた事件は他寮にもいつのまにか広く知られていて、五年以上経った今でもいまだに遠藤はこの件でからかわれる。

神宮寺が陰で言いふらしているんじゃないかと勘ぐりたくなるぐらいだ。

「二十も三十も一緒じゃねぇか。俺も男だし、風俗行くなとは言わないよ。でも、誰に聞かれても不思議じゃない場所で、そんな武勇伝披露すんなよ」

「独身寮の風呂場に、まさか上の人間が入りに来るなんて思わないでしょう、普通」

「署に近いから、風呂好きな人なら、泊まり込みが続くとたまに来てんぞ。気ぃつけろよ」

「…はい、気をつけます」

宮津の注意に、遠藤は頷く。

これはかりは嫌がらせや当てこすりではなく、確かに下手に公になると警察不祥事としてメディア沙汰にされかねないから、注意しろというのはわかる。

「宮津さん、その話、誰に聞いたんですか？」

「んー？　誰だったかな。でも、けっこう有名じゃねぇの？　お前がけっちょんけっちょんに怒られて、グランド走らされた話」

「…神宮寺ですか？」

ボソリと尋ねると、宮津のチェシャ猫笑いはマックスになった。

「さぁ、知らねぇな。神宮寺に言いふらされたから、あいつがうちに来たら不機嫌になったのか？」

「そういうわけじゃないですけど…。お先、つかってきます」

半ば認めたような形の遠藤は、これ以上宮津にからかわれたくなくて、田所と共に湯船に入った。

「ねぇ、遠藤さん」

湯船に肩を並べてつかりながら、田所は言う。

「神宮寺さんと仲良くしてくださいよ」

「あー…、何だ、お前、神宮寺君と仲良くするのよーって、幼稚園の先生かよ」

「いや、でも、神宮寺さん、俺らといる時、けっこう遠藤さんの話には嬉しそうにのってきますよ」

「あぁ？　お前ら、俺のいないところで、こっそり俺の悪口言っててんの？」

「言ってないです、言ってないですってば」

田所は笑って首を横に振る。

「それにあの人、俺と一緒の時、遠藤さんの悪口言ったことないですよ」

「俺はグランド走ってるときに、『信じられないな』って言われたぞ」

「…それ、なんかの誤解…とかじゃないんですか？」

「知らねーよ、あいつに聞けよ」

遠藤はむっすりと唇を曲げた。

「そうでなくても、あいつ、いっつも俺のこと、すっげー冷めた目で見るしさ」

「いや、もともとあの人、基本がクールっていうのか、普段から落ち着いてるじゃないですか」

「悪かったなぁ、落ち着いてなくて」

「そういう意味じゃないですって、もう」

勘弁してくださいよとぼやく田所の横に、ちょい詰めろと宮津が再びやってくる。

「何、内緒話してんだ？　俺も入れろよ」

「やめてください、宮津さん絡むと話がややこしくなるから」

顔を背ける遠藤に、宮津はうりゃうりゃと湯面から脚をつきだしてくる。

「お前、そんな可愛くないこと言ってたら、ご自慢のキレーなお顔に水虫移すよ」

「あっ、やめて！　ちょっと、それは勘弁！」

ほとんど学生のノリでギャーギャーと湯船で騒いでいると、宮津が声を上げた。

「神宮寺、ここ、ここ」

ちょうど入ってきたばかりらしく、掛かり湯中に会釈する神宮寺を見て、遠藤は宮津を慌てて制止する。

「ちょっ…、宮津さん」

「子供じゃないんだから、仲良くしろって。神宮寺、ちょっとこっち来いよ」

はぁ…、と均整の取れたうなるほどに見事な身体を持つ長身の男は、宮津に招かれるままに湯船に入ってくる。

ひとりだけ落ち着き感があるのがまた気に入らないと、遠藤は宮津の横でふいと顔を背けた。

「な、な。今度、太田《おおた》寮の後輩に頼んで合コンの話持ってくるから、お前ら来いよ」

やや声をひそめ、宮津は三人の顔を見まわす。

「えっ、マジっすか？　行く行く、絶対行きますから！」

はしゃいだ声を上げる遠藤を、宮津はぴしゃりと遮る。

「遠藤は今回は遠慮しろ」

「え、なんでです？」

「お前はツラだけ男で、あんまり女の子受けしないから」

「どうして？　水も滴《したた》るいい男じゃないですかっ」

「水も滴るいい男は、神宮寺みたいなのを言うんだろ。お前、すぐにシモネタに走るわ、喋《しゃべ》らせるとただの警察オタクだわ…、お前は連れてってもイロモノだからさ」

「イロモノって、酷くないですか？」

嚙みつく遠藤に、宮津はにやにや笑う。

「それにぶっちゃけ、顔のいい男は二人もいらねーのよ。俺らが霞《かす》むから。な？　田所」

「すみません、霞む程度に不細工で」

一番年下の田所は、おとなしく浴槽で頭《こうべ》を垂れる。

「コンパの鉄則で、あまり俺らみたいな不細工ばかりだと、女の子が最初からテンション下がるから、それなりに釣り餌《え》をひとり混ぜとくんだよ。今回、それが神宮寺な。ただ、コイツはレベル高いから、下手すりゃ女の子全員神宮寺狙《ねら》いになる。というわけで、神宮寺は彼女いるって設定にしとくから。携帯とかメルアド聞かれたら、彼女に怒られるからって言って断るんだぞ。な？」

「…はぁ」

太い指を折りつつ説明する宮津に、神宮寺は諦めたように頷く。

コンパなどといい気にさせておいて、結局のところ、宮津の容赦ない後輩の徹底利用ぶりに、遠藤は呆れて口を覆う。

「うーわー、詐欺じゃないですか、それ？」

「うるさい。お前らもそろそろ俺に、ハッピーな思いでこの独身寮を出て行って欲しいだろ？　可愛い彼女ゲットして順調にいけば、一年弱ぐらいで官舎に移ってやるから、諦めて協力しろよ」

ほれほれと水虫な足を顔に寄せてくる宮津に、遠藤はやめてやめてと声を上げる。

「…で、正直なところ、神宮寺、お前、モテんだろ？」

宮津はひととおり遠藤に嫌がらせをして気がすんだのか、隣で黙ってつかっている神宮寺の顔を覗き込んだ。

「いや、そうでもないです。俺、愛想ないんで」

「まったー…、謙遜《けんそん》にしても嫌味だぜ」

そうですよ、と田所は頷く。

「神宮寺さん、ＳＡＴの時、黙って食っちゃあ投げ、食っちゃあ捨てで、おとなしそうな可愛い子ばっかり総ナメだったじゃないですか。男は黙って据え膳みたいに、本当に黙ーってモクモクと食って捨ててますよね。しかも、すっげー短いインターバルで食い捨て」

「人聞きの悪いこと言うな！」

何が気に触ったのか、神宮寺は真顔で田所の後頭部を叩いた。

「最低だな、お前」

遠藤が本気で吐き捨てると、宮津も頷く。

「本当に最低。女の敵だな。しかも、おとなしめの可愛い子って、俺のツボじゃねぇか。それを食い捨てだと？」

「違いますよ、食ってませんって！」

冷ややかな目を向ける遠藤に、何を焦ってか、神宮寺は真剣な顔を向けてくる。

「神宮寺ぃ、俺、前にお前がラブホから出てくるの見たことあるぞ。しかも二回、三ヶ月と経たないのに相手違ったじゃねぇか」

広めの浴槽の端から、荒木が茶々を入れてくる。

「何かの間違いです」

やめてくださいよ、と神宮寺は眉間《みけん》に皺を寄せて荒木を振り返った。

「どっちもレベル高かったぞ。あれ、両方食い捨て？　…ってか、お前さ、所属黙って引っかけてたんだよな？　もしかして、元の所属の交機騙《かた》ってんのか？」

荒木の言葉に田所が容赦ない追い打ちをかける。

「食いまくってますけど、決まった人はいないですよね？　こう、広く浅くっていうのか、来る者拒まず、去る者は追わずっていうのか」

神宮寺は否定することを諦めたのか、深い溜息をついて額に手をあて、あらぬ方向へと視線を逸らす。

「そんだけヤリまくりだと、病気持ってんじゃねぇか？　いや、すでに下半身がビョーキか。ヤリチン男」

トゲトゲに棘《とげ》まみれの遠藤の言葉にも、神宮寺は諦めたような顔で目を伏せるばかりで何も言い返さない。

「遠藤、お前は顔のわりにはモテないだろ？　デリカシーないから」

宮津が能天気な声を出すのに、遠藤は絡まれた猫のように視線を逸らした。

「あ、やっぱり？　お前はモテないだろうと思ってた」

「モテモテですよ。断るのに困るぐらいに」

「また、モテ男の前《おお》でつまらねぇ見栄《みえ》張りやがって…」

「すみませんね、顔のわりに全然モテなくて。つまらない見栄も張ってしまって」

浴場に漂う殺伐とした空気感をものともせず、宮津は大声で笑う。

「だって、お前の顔、造作悪くないけど、基本が女顔だからなぁ。女なみに整った顔の男が好きな子って、あんまり数はいないよな。観賞用に別枠でくくられるっていうのか、実用的じゃないもん。喋らせりゃ、中身はただの仕事馬鹿だし。やっぱり女受けするのは、神宮寺みたいに男前なタイプだって」

あまりに図星な宮津の指摘に、遠藤は浴槽の縁に腕をひっかけ、ふてくされて天井を仰いだ。

「もう、頼みますから早く彼女作って、ハッピーに独身寮出てくださいい。俺の心の平和のためにも、お願いします」

「おうおう、任せとけって」

顔のいいのも悪いのも、結局、後輩を軒並みからかって黙らせた宮津は上機嫌で頷いた。

二章

Ⅰ

『ホシより、荻窪《おぎくぼ》駅コインロッカーに電話指示あり。荻窪駅前にトカゲ配置』

『応援でトカゲの自転車部隊配置。十人ほど、早くまわせ！』

会議室の端で、慌ただしい対策本部とのやりとりを呆気《あっけ》にとられたように聞いている田所の脇を、神宮寺は小突いた。

「とりあえず、メモ取れ、メモ」

「トカゲって、自転車もいるんですか？」

「荻窪の駅の南側は一通だからな。ホシが自転車や徒歩だと、バイクだと振り切られる可能性があるんだろ」

特殊捜査班に来て以来、初めてといえる大規模な他署との合同の誘拐オペレーション捜査訓練の一日目だった。

まだ経験の少ない神宮寺と田所は、他署の若い刑事らと並んで、壁際で真に迫った訓練内容をひたすらに見学している。

トカゲとは、車やバイク、場合によっては自転車で、接触してきた犯人を追跡するために投入される部隊の隠語だった。メインはオートバイ追跡部隊となる。機動力と数、そして地理を熟知していることが要求される上、捜査感覚に優れていることも必要となる。

普段は刑事部の中で機動捜査隊や普通の捜査課に配属されて通常業務に当たっているが、事件発生の際には真っ先に動員がかかるメンバーだった。追跡の他に偵察役も兼ねているので、特殊捜査班の中にもこのトカゲにまわされる捜査員がいる。

今回、所属の第二係が犯行グループ役となっているので、遠藤の姿はその場になかった。

犯行グループ側となった刑事は刑事で、どうやって第一係が主体となる捜査班を攪乱《かくらん》するか、逃げ切るかで知恵を絞り、捜査班の対応によってどんどん作戦を変えてくる。

そのため、訓練が型にはまったものとはならず、実に真に迫ったものとなっている。

訓練とはいえ、直接に捜査班や対策本部とのやりとりを目にする神宮寺らにとっては、何もかもが新鮮だった。

「…もう三時前だよ。腹減ったな」

神宮寺の横で、他署から来た若手刑事がボソリと横の同僚に呟《つぶや》く。

確かにホシ役の犯行グループ側とのやりとりにより、ほとんど全員の昼食が飛んでしまっている。

しかし、たまたまスピーカーからの音声が途切れたところで、その声は妙に広い会議室内に響いてしまった。

「何言ってんだ、このバカヤローが！」

第一係の四十代半ばの刑事が、肩越しに怒鳴る。

「飯食ってる暇なんか、あると思ってんのか、フヌケ！　出ていけ！　戻ってくんな！」

訓練とはいえ、会議室内は本番なみにテンパっていることはわかっている。やる気のない人間は怒鳴られて当然というピリピリとした空気に、その場がしんと静まりかえった。

ぼやいた刑事自身も、口をつぐんで黙り込んでいる。

「おい、今、腹減ったって言った奴、どいつだ？」

怒鳴る相手に、神宮寺は目の端で若い刑事を捉えたが、その刑事は名乗ることなくうつむいている。

これはマズいな…、と神宮寺は自分の握ったペン先を見つめた。

タイミング的にさっさと頭を下げた方が場が治まるのに、すくみ上がった刑事はひたすらに黙り込んでいる。これでは怒鳴った中年の刑事を逆上させるばかりだ。

「すみませんでした！」

神宮寺が腰を九十度に折って頭を下げると、横で田所が息を呑《の》む。

「出ていけ、コラぁ。邪魔なんだよ、お前」

怒鳴った刑事が、今にも殴りかかりそうな剣呑《けんのん》な様子で目を細める。

「申し訳ありませんでした」

神宮寺はもう一度頭を下げると、田所を横目に制し、相手をこれ以上逆上させないように、極力足音を消して素早く会議室を出る。

「馬鹿野郎がぁっ」

ドアを後ろ手に閉める際、舌打ちする声が聞こえたが、とりあえずその場は治まりそうだと、廊下に出た神宮寺は溜息をついた。

「あいつ、あの杉並署《すぎなみ》の刑事、神宮寺さんにちゃんと謝りましたか？」

寮での遅い夕食時、田所が気遣わしげに尋ねた。

「いや」

少し冷えて油っぽく感じられるカレーを口に運びながら、神宮寺は首を横に振る。

「そんな…。あいつ、最後の最後まで黙り込んでましたよ。卑怯《ひきょう》な奴」

「まぁ、そんな人間もいるだろ。だいたい俺が代わって部屋を出たのも、ただのおせっかいなんだから、それを余計な世話だと思う奴もいるかもしれない」

「でも、あの場合、神宮寺さんがやってくれたみたいに、さっさと謝った方が場が治まるでしょ？黙り込んでると、向こうがどんどんエスカレートするっていうか、誰が言ったかの犯人狩りみたいになっちゃうから」

SATのチームワーク性ゆえか、それなりに団体訓練で教官の怒りをかった際の経験値を積んでいるせいか、田所もやはり神宮寺と同じように考えたらしい。

「まぁ、しつこく怒鳴り散らされたわけじゃなし、あれでコトがすんだなら、いいじゃないか」

「…神宮寺さんって言い訳しないから、たまにワリ食ってると思います」

田所が自分のことのようにいたたまれない顔でうつむくのを、神宮寺は苦笑して流す。

「それはもういい。明日も早いから、早く飯食って風呂入って寝よう」

「はい」

食器が業務用食洗機に押し込まれる音を聞きながら、人もまばらな食堂で神宮寺は食事を終えて、田所と別れて部屋に戻ってきた。

部屋に戻ったところで、低く溜息をついてドアにもたれる。これで、今日何度目の溜息だろうかと思う。

——お前らみたいな、ド素人、事件なんかで役に立つかよ。

夕方、ひとりの刑事にすれ違い様に言い捨てられた言葉が、田所ではないがけっこう堪えた。

昼間、会議室で怒鳴った刑事ではない。相手の顔は何度か見かけたことはあるが、第二係の人間ではないので、合同で訓練をした第一係の刑事だろうか。

確かに刑事としての勘や経験値のまったくない、そのくせ歳だけは三十手前となっている神宮寺などは、長年刑事畑を歩いてきた経験豊富な相手から見れば、癇《かん》に障《さわ》るのかもしれない。

これがSATであれば、やはり神宮寺もまったく経験のない素人を自分の班で使いたいとは思わない。ある程度、基本的な訓練を積んできた人間でないとまったくの足手まといで、別途新人用にプログラムを用意しなければならないからだ。

「きっついな…」

神宮寺は呟きながら靴を脱ぎ、部屋に上がると、無意識の仕種で前髪をかきまわす。

遠藤もこの一年、自分と同じような思いで特殊犯で過ごしたのだろうか。それとも、遠藤などはまだSATでも指揮班の経験があるだけに、少しは特殊犯での要領もわかっていたのだろうか。

それでも楽ではなかったろうに…、と神宮寺は今日、走り書きしたノートを机の上に投げ出すと、天井を仰ぐ。

SATに引き続き、SITへも遠藤の後を追いたいという理由で配属希望を出した自分は、あまりにも安易だったろうか。それとも配属の希望など人それぞれで、自分のようにあまりに不純すぎる動機もありなのだろうか。

もともと神宮寺は、父親も含めて親族に警視庁勤めが多かったこと、他には特にやりたいと強く思えるような仕事がなかったからという理由で警視庁に入ったようなものだ。年齢的にすでにＳＡＴ隊員の上限にかかっていたため、どうせどこかへ配置換えになるのならと遠藤の後を追って、特殊犯への配属を希望した。

よもや、それが通るとは思っていなかったのもあるが、今さらになってこの歳で自分の能力のなさを見せつけられると、さすがに少し参る。ＳＡＴ時代は制圧班のリーダーを任され、多少ぐらいは使える人間ではないかと思っていただけに、余計に応える。

「よーう、お勉強は進んでるか？」

部屋の入り口から、ノックと共に宮津が顔を覗かせる。

「これがなかなか…」

「まぁ、そりゃまったくの畑違いだからな。そんな移ってすぐに簡単に刑事されても、逆に反感買うって」

厳しい訓練の雰囲気にあてられたばかりの神宮寺を、宮津は慰めてくれる。言葉は悪いが、昼間の一件を聞いたのか、様子を見に来てくれたことはわかった。

「ちょっと遅いけど、少し飲みに行かないか？　明日早いから、まぁ、二、三杯な」

どこか近場にあてがあるらしく、誘ってくれる宮津に神宮寺は歯を見せて笑った。

「行きます。ちょっと飲みたい気分ですから」

「あんまきれいな店じゃないから、期待すんなよ。安月給にはありがたい店だけどよ」

宮津がそういって連れていってくれた店は、確かに居酒屋に毛が生えた程度の店だった。夜中の二時がラストオーダーなので、寮の食堂に間に合わなかった者が利用することも多いらしい。

そこで二人して枝豆に揚げ物がセットとなったビールセットを頼み、乾杯する。

「聞いたけど、杉並署の刑事、庇《かば》ってやったんだって？」

「庇ってやったっていうのか、多分、最後まで名乗り出ないだろうなと思って。あのまま、空気悪くなるのも嫌でしたし」

「まぁ、ほどほどにしとけ。そんな奴は庇ってやっても、多分、そういう性根なら、あんまり感謝するような奴でもないだろ。変に第一係の刑事に目ぇつけられんのもアレだしな」

ややこしい人いるんだよ、第一係も…、とジョッキを呷《あお》りながら宮津はぼやく。

ＳＡＴは体育会系意識が全面に出ており、背反行為は自分の命まで削るに等しい行為となるため、隊員の統率が乱れることを何よりも嫌った。しかし、この特殊犯のように捜査面に重点を置くと、やはり捜査員にも多様な人間が出てくるのかもしれない。

「お前、見た目より腹据わってんな」

「そうでもないです。コトを荒立てたくなかっただけで」

「いや、いい男よ。見直したっていうのか、話聞いて悪いヤツじゃないなって」

運ばれてきた枝豆を口に運びながら、宮津は肩をすくめる。

「遠藤も来て早々、なんか似たような真似して、自分の非じゃないのに別の奴庇って謝ってたからな」

「…遠藤さんも…、ですか？」

「おうよ。それで、お前も今日似たような真似したって聞いて、ＳＡＴ上がりの奴って根性あるなって思ってな。あと、背中に仲間庇うっていうのか、そういう連帯意識が強いヤツが上に立つ傾向があるのかなって思って。まぁ、実弾つかってドンパチっていう部署だから、そういうヤツを上にすげないと成り立たない組織なんだろうけどよ」

「遠藤さんは…、そうですね。背中に仲間庇おうとしますよね、ああ見えて」

「ああ見えてって、お前もけっこう言うねぇ。一個下だろ？　遠藤の」

宮津は苦笑した。

「遠藤《あいつ》、細っこく見えるから、最初はＳＡＴっていってもどれほどのものかと思ってたんだけど、平気な顔して大楯《おおだて》振りまわしてやがるし、まぁ、顔だけの兄ちゃんじゃないんだなと」

唐揚げに箸《はし》をつけながら、宮津は感心したように言う。

「大楯は多分、遠藤さんならかついだまま平気で十キロくらいは走れるんじゃないかと思いますが」

「おー、走る走る。しかも、あいつ、全身バネみたいな筋肉してやがるから、ものすごい勢いであのジュラルミン楯ブンまわすし。大楯操法得意なんだって？」

ジュラルミン楯を取り扱う大楯操法は、日本での暴徒制圧の基本でもある。

警棒や銃火器を用いることなく、重量五キロもある大楯のみを使って、凶器を振りまわす相手を取り押さえることを目的とする。何分、楯そのものに重量があるため、片手ではおいそれと扱えないシロモノだ。

熟練者は逆に、その楯の重量を武器として縁《へり》をぶつける、跳ね上げて相手の顎を砕く、足の甲に打撃目的で打ちつけて痛みで動きや戦意を封じるなどといった、敵に致命傷を与えずに補足するための道具として用いたりもする。

ただ、ジュラルミン楯そのものは投石や角材、パイプなどによる攻撃を防ぐためのもので、防弾性能はない。かつての過激派が使ったような数名の人間を簡単に殺傷できるネジ入りのパイプ爆弾や、あさま山荘事件などの銃撃からは身を守ることはできないため、最近ではより軽量で防弾機能のあるポリカーボネイト製の楯が用いられている。

機動隊ではまだまだジュラルミン楯は健在だが、実際に最前線に立つ今のSATや自衛隊などで使用されているのは、防弾楯だった。

大楯操法は警察、自衛隊、海上自衛隊で、まず基礎訓練として行われるが、最近ではその練習時間も減っているという話だった。最近入庁した人間で、大楯操法が得意だという人間は、そういない。

「得意でしょうね。あの人、瞬発力と攻撃力に長けてるから、マジで早いですよ。『攻撃は最大の防御』を地で行く人でしょ？　俺、けっこう長く合気道やってますけど、あの人とはまっとうに組み合って勝てるかどうか」

遠藤のこととなると、無意識ながらも口数の多くなる神宮寺に、ほーう、と宮津は楽しそうに相槌をうつ。

「SATの制圧班の班長やってた男にそこまで言わせるって、すごいね」

「でも、SATはどっちかっていうと、連携力重視ですから。体力、持久力なんかには定評ありますけど、反射的な瞬発力とか攻撃力とかは個人の資質ですよ。遠藤さんはもともとSPの方が欲しがってたけど、本人の希望でSATに来たって聞いたことがあります」

遠藤がSATに入りたいと強く願った理由を知る神宮寺は、知らず知らずのうちに痛いような思いで目を伏せる。

「ああ、要人警護のほうね。まぁ、SATと違って、襲撃犯とサシでやるなら反射神経ある奴のほうがいいもんな。SPは容姿端麗も条件のうちだっていうし」

「ちょっとキツいですけどね、顔立ち」

言いながらも、神宮寺はサミットの応援警護に立った際、細身の身体に紺のスーツが怖いぐらいに似合っていた遠藤を思い出す。凛《りん》とした立ち姿は敏捷でスレンダーな肉食動物を思わせ、あれはあれで悪くなかった。

「まぁ、キツいけど、美形ではあるわな。SPなんて、仕事柄、ああいう全方向にガン飛ばしてますみたいな、キツい目つきの奴多いし。俺なんか、全然お呼びじゃねぇよ。声掛かったことすら、ねぇし」

みっしりと筋肉の乗った固太りの肩を揺らしながらぼやく宮津に、神宮寺はなんと答えたものか、はたしてここは笑ってもいいところなのかと微妙に視線を逸らす。

「遠藤がやってたのってキックボクシングだっけ？」

「キックボクシングっていうか、ムエタイらしいです。しかも、古式ムエタイのほう。シャム拳法って言うんですっけ？」

「ああ、それそれ。タイの本場のヤツだろ。カポエイラの回し蹴《げ》りみたいな予備動作はほとんどなしで、速攻で相手仕留めるの。素手素足で人殺せるっていうもんな」

「もともと今のムエタイみたいにショー化する前の、本当に一撃必殺の戦闘武術だって言いますもんね」

「おう、それよ。あいつ、ああ見えて帰国ちゃんなのな。帰国子女？」

「らしいですね。高二ぐらいまで、両親の海外赴任について何カ国かに滞在してたとか。英語はかなりできるって聞いてます」

できるどころか、TOEIC《トーイック》では九百点を超える成績を出してると聞いている。単に頭がいいばかりでなく、英語でのコミュニケーション能力も高い。

それがSATにいた頃、遠藤が指揮班に抜擢《ばってき》されていた理由のひとつでもある。ハイジャック犯が海外テロ組織である際、作戦指揮官に高い英語理解力が必要だと考えられているからだった。

「まぁ、帰国ちゃん特有の空気読まなさとか、自己主張の強さとかはあるけど、根本的にはいいヤツだよ」

先日の風呂場ではこてんぱてんにやっつけていたが、宮津もそれなりに後輩を可愛く思っているらしく、にんまり笑う。全国の帰国子女を敵にまわすのではないかという言いようだが、要するに遠藤が目立って我が強くて、自分をまげないという程度の意味だろう。

「空気を読むっていうのは、日本だけの感覚だっていいますよね。逆に海外に出ると、自己主張のできない人間は馬鹿にされたり、意見のない人間として無視されることもあるって聞いてますけど」

遠藤のずけずけとした遠慮のない物言いを思い、神宮寺は苦笑する。

「それで帰国子女だって聞いて、俺、最初あいつのこと舐《な》めててさぁ。あいつ、まぁ、キツい顔だけど、どっちかっていうと女顔だろ。それもあって、単に頭でっかちのエリートなのかなと思って、訓練の時にどれほどのもんよと思って組み合ったら、組み合いにならねぇの」

宮津はここ、と喉許《のどもと》を指す。

「始まった瞬間、喉許狙って蹴りかましで来やがって、しかもそれが早いのなんのって。俺も黒帯持ちだけど、あいつのスピードはヤバいわ。一応、こっちもかろうじてよけるだろ？　よけたら次の瞬間、ここ、このこめかみ狙って肘《ひじ》入れてきやがんの」

宮津は次いで、左こめかみを指さす。

「あれは当たったら、死ぬぞ。ていうか、よける先まで見越して確実に急所狙ってくるのな。肘はさすがにあいつが寸止めしたのがわかったけど。一発目はどうだったのかなぁ」

宮津はニヤニヤ笑いを漏らす。非難というよりも、手応えのある後輩が嬉しいとでもいうような、ちょっと得体の知れない笑いだ。

「そりゃ、そんな奴に五キロもある大楯なんか渡したら、凶器持たせてんのと一緒だっつーのよ」

宮津はグローブのように大きな手を揉《も》む。これはこれで宮津も自分に自信がないわけじゃないんだろうなと、神宮寺は思った。

「まぁ、それ以来、ちょっとキツめの女顔だなんて思ってたら、えらい目にあわされるなぁと思ってるのよ。殺気みたいなのが、いきなり切るように来るのな。面白いわ」

「それは面白がるところなんですか？」

神宮寺が半ば呆れて尋ねると、宮津はゲラゲラ笑う。

悪い人間ではないのだろうが、篠口とはまた別の意味で、ちょっとつかみ所のないタイプだった。

「いやぁ、ひと筋縄ではいかないなと思ってな」

それで…、と宮津は身を乗り出してくる。

「それで、お前は何で遠藤と角突き合わせてんの？」

「別に角突き合わせてもいませんよ。うまくやっていきたいと思ってます」

神宮寺は努めて顔色が変わらないよう、平静を装う。

まぁた…、と宮津は笑う。

「お前も見た目より、食えねぇヤツだな。せっかくだから、腹割って話そうぜ。そのつもりで飲みに誘ってんだから」

それは迷惑だとか、あんた、本当は混ぜっ返して面白がってるだけだろうとか、一瞬、胸のうちにわいた幾つもの複雑な思いを呑み込み、神宮寺はジョッキを口に運ぶ。

「そういえば篠口さんって、どんな方なんですか？」

少し前から気になっている、遠藤と特に仲のいいらしき男について、神宮寺は尋ねた。

「どんな方も何も、あの人って結婚詐欺師みたいじゃねぇ？」

ヒヒヒ、と宮津は面白そうに顎を撫《な》でた。

「…結婚詐欺師って」

「いや、俺の中の結婚詐欺師のイメージがあんな感じっていうのか、まぁ、偏見だけど。こう見た目がちょいよくて、喋りがうまくて物腰が柔らかで女受けしそうじゃないか？」

「まぁ、実際にモテそうですよね。あまり悪い印象持つ女の人はいなさそうです」

神宮寺は、自分の中にある篠口に対する得体の知れない反感は極力押し隠して答える。まだ、誰と誰が仲がいいかわからないような縦社会で、むやみに人の悪口をいうのは得策ではない。

「お前だって、悪い印象持つ女はいないと思うぜ。公務員っていうのは何だけどよ」

「今日日、公務員はマズいんですか？　親戚《しんせき》のおばちゃんにこの間とっつかまった時、このご時世、公務員は有利だから見合いしろしろってやかましく言われましたけど」

話が脱線しているなと思いながら、神宮寺は答える。

「普通の公務員ならいざ知らず、警察官は結婚したらまず官舎入りだろ？　そういうの、めんどくさいって思う女もいるよ」

「官舎に入らなきゃいいんじゃないですか？」

「お前、緊急召集かかった時にすぐに駆けつけられる場所に住もうと思ったら、まずは共働きだぞ」

「…シュールな話ですね」

まぁな、と宮津も溜息をついた。

「で、その見合いの話。親戚のおばちゃんとやらに、先に先輩を紹介したいって言っとけよ」

「宮津さんが…ですか？　見合いしたいんですか？」

「婚活よ、婚活。こうなりゃ、どんな方法でもいいんだけどよ。今年の正月に実家に帰った時に、親戚中に釣書を撒《ま》きまくったわりには、とんと話がこねぇ。俺、ほとんど徹夜で釣書書いたんだけどな」

「宮津さん、悪くないと思うんですけどね」

「俺もそう思うんだけどね、酒と煙草はやるけど、ギャンブルやらねぇし」

「刑事がギャンブルやっちゃ、マズいでしょ」

「まぁ、話の流れってヤツ。それともアレか。二十五歳前後の相手希望とか言っちまったからか？」

「…それはちょっと図々しいかもしれませんね。いくら婚活ブームって言っても、二十五歳前後の女の子がそんなに見合いしたがるとは思えませんし」

「お前さ…、涼しい顔してけっこうツケツケ言うねぇ。意地悪するぞ」

いい歳したオッサンが意地悪するって、ガキかよと思いながら、神宮寺は目を伏せる。寮の最年長クラスともなると、こんなひと癖ある連中ばっかりだ。

「…勘弁してくださいよ」

「いや、でもさ、案外お前、遠藤のこと買ってるみたいだな。色々詳しいし、悪く思ってるふうじゃないな」

宮津の言葉に、神宮寺は困惑して眉を寄せる。

「悪く思ったことは、一度もないですよ」

ふふん、と宮津は鼻で笑って、ただでさえ味の濃い鶏《とり》の唐揚げに卓上の塩胡椒《しおこしょう》を振る。

「遠藤《あっち》はそうは思ってないみたいだけどよ」

「…あまりよく思われてないのは知ってます」

「ライバル意識みたいなのかね？　なんか子供みたいにムキになってるよな」

「SATの時は実際に出動はなかったんですけど、遠藤さん、オペレーション訓練の時にはいつも的確な指示くれたし、部下は大事にする人だってことはよくわかってます。あと、すごく仕事熱心なことも知ってますし」

本当は仲良くしたいというのもおかしいような気がする上、今の遠藤と神宮寺のギスギスした関係を考えると、尊敬していますというのもとってつけたような媚《こび》があるような気がして、神宮寺は長い指先を唇に押しあてる。

「…そんな難しく考えることもねぇだろ。そういうのってわかりあえる時にはスコンとわかりあえるし、わからない時はいくら理屈並べてもわかんねぇもんだよ」

特に仲を取り持って誤解を解いてやろうというおせっかいもないようで、宮津はぽんと突き放してくる。

「遠藤さん、篠口さんとは仲いいですよね」

「仲はいいな。篠口さんのお気に入りだし」

宮津の言い方に微妙に引っかかるものを感じ、神宮寺は顔を上げる。そして、早々に空になった宮津のジョッキを指した。

「生中のおかわりでいいですか？　それとも他に？」

「ああ、焼酎いくわ。お姉さん、二階堂《にかいどう》をロックで。あと、鶏モツ煮込みね」

さらに追加であてを頼むと、宮津は半袖ポロシャツをまとう首筋をぼりぼりと掻いた。

「俺はもともと機動隊上がりだし、篠口さんみたいなインテリ相手だとすごく疲れるんだけどよ」

「疲れます…かね？」

確かにあまり系統的に合いそうにないが…、と神宮寺は思う。まだほとんどプライベートでは話したことがないが、神宮寺もどちらかというと篠口には苦手意識がある。

遠藤とずいぶん仲がよさそうなことなどを、どうしても意識し過ぎているせいもあるのだろうが…。

篠口自身も人当たりのいい第一印象とは少し違って、あまり神宮寺には積極的にかかわろうとしてこないような気がする。

もっともそのあたりは遠藤と一緒で、神宮寺の苦手意識が篠口にも自然と伝わっており、しっくりいかないというのもあるかもしれない。

かといって、あの人と仲良くなってもな…、と神宮寺は自分の中にある微妙な反発心を不思議に思いながらも、これからも積極的にかかわりたくないと考えている自分を意識していた。

Ⅱ

「交機の研修、終わったらしいな」

犯人追跡の主力部隊であるトカゲとして大型二輪を完全に乗りこなし、都内主要幹線の把握を含めた交通機動隊でのみっちり三週間ほどの研修を終え、特殊犯捜査第二係に戻ってきた神宮寺と田所は、例によって低く唸るような声を持つ生方のデスク前に呼ばれた。

生方はかなり口が重い方だが、この独特の重さのある声は、それだけで背中に一本芯《しん》が入るような気がする。

神宮寺はもともとSAT配属前は交通機動隊の所属だが、都内の道路事情は日々変わる。大型二輪の乗りこなしはとにかく、もう一度、道路状況を含めて現場で研修してこいと、田所と共に送り込まれていた。

「宮津、遠藤」

直立不動のまま立つ二人の横に、宮津と遠藤の二人が呼ばれる。

「宮津は田所、遠藤は神宮寺を連れて、この三日ほどでそれぞれ確実に二十三区内の地理を頭に叩き込むこと。その際、不審車両、不審人物のアタリのつけ方なんかも着実に教えておくように」

「了解しました」

神宮寺の横に同じように直立不動の姿勢で並んだ二人は短く答えると、先に立って歩いてゆく。

「今日はラッキーだな。昼飯は何食う？」

バイクの鍵《かぎ》を手にした宮津は、廊下に出ると嬉々《きき》として田所を振り返る。訓練名目でおおっぴらに外に出られるということで、ずいぶん上機嫌なようだった。

「中華じゃダメですかね？」

答える遠藤の方は生方の直接指名で神宮寺と組まされるためか、いくぶん微妙な表情でもある。

「とりあえず、俺と遠藤はこのままでいいか。神宮寺と田所は、私服に着替えてこいよ。あと、ライダーブーツな」

宮津に命じられ、神宮寺と田所はロッカーに常時用意するようにいわれている私服に着替え、バイク用のブーツと手袋を身につけて、階下におりてゆく。ライダースーツではないが、万が一の転倒を考えて、神宮寺は黒っぽい長袖のカットソーにジーンズだった。

トカゲ用に用意されているのは、目立たぬようにマフラーの音量を絞った、一見、ごくごく普通のバイクだった。ただの街乗りに見えるようなスクータータイプや、趣味っぽいオフロード型もある。

宮津は今日は大型で動くつもりらしく、フルフェイスのヘルメットを手に遠藤と上機嫌で喋りながら、神宮寺と田所を招いた。

「行くか」

鼻歌交じりでスーツにヘルメットをつけた宮津は、小型無線機を胸許につけた田所の後ろにまたがる。

「お願いします」

愛想のない目で自分を黙って見てくる遠藤に神宮寺が頭を下げると、遠藤は短くだけ答えて顎をしゃくる。

ってくる。

促され、同じように無線機をつけてバイクにまたがると、後ろにヘルメットをつけた遠藤がまたが
「おう」

「おい、振り落とそうなんて考えるなよ」

拳《こぶし》ひとつ分ほど空けられたが、スーツ越しでも少し体温の高い身体を感じて動揺したところに、腰回りを背後から遠藤がきっちりしまった太腿《ふともも》で強く挟み込んでくる。

遠藤の声自体は物騒なものだったが、その感覚の生々しさに神宮寺は思わず背中を緊張させてしまう。そして、そんな自分の緊張を遠藤に悟られたのではないかと思った。

振り落とされないために同乗者が大腿部《だいたいぶ》でマシンと運転者の腰のあたりを挟み込むのは、二人乗りの基本だが、神宮寺を信用していない分、遠藤は振り落とされないように、膝《ひざ》を強く締めようとしているのだろう。

これはけっこうくる。

「気をつけます。腰に腕回してもらって、いいですか？　しっかりつかまっててください」

内心で感じたやましさのため、声が自然と低くなるが、遠藤は黙って腰に腕をまわしてくる。

同じように宮津が田所の後ろにまたがる様子はどうみても仕事仕様で、ガタイのデカいオッサンが後輩の後ろにやむなくまたがってる感が満載だ。色気など、欠片もない。なのに、この人の動きは妙にエロくさいのはなぜなんだろうと、神宮寺は柄にもなくうっすら染まった頬をヘルメットのシールドを下ろすことによって隠す。

たかが二人乗りにこんなに後ろめたさや色っぽさを感じるような青さが、よもや自分の中に眠って

いるとは思わなかった。

しかし、どう考えても腰に腕をまわされたり、両脚で腰回りを強く締めつけられたりするのは、朝から心臓に悪い。

それこそ本命である遠藤に手を出せない以上、溜《た》まった欲求を満たしてくれる相手なら誰でもいいと適当に遊んでいたことを田所にバラされて、遠藤にヤリチン男とまで吐き捨てられたが、相手に不自由はしていなかったし、それなりに経験もあるつもりだった。

今さら、これぐらいで動揺するとは…、と神宮寺は内心の動揺を押し隠すあまりに無表情に近い顔でエンジンをかける。

『とりあえず都内西側から行くわ。おおまかな主要幹線は交機で習ったろ？　今回は駅を含めた幹線との連絡を追いながら、地形確認や周辺状況の解説なんかしていくから、ついてこい。まずは新宿《しんじゅく》通へ抜ける』

無線を通じて宮津が言い、ひょいと手で招くのにあわせて警視庁を出る。

宮津と遠藤は優秀なトカゲ要員らしく、解説は的確で、後ろを走る神宮寺を意識してくれる田所の運転にも無理がない。後ろの遠藤の熱を折々に意識してしまうが、ついてゆくこと自体はかなり楽だった。もともと交通渋滞に強いバイクの機動性もあって、午前中には新宿、中野《なかの》、杉並区の主だったところをまわり、世田谷《せたがや》へと抜けた。

『腹減ってきたなぁ。そろそろ昼飯時かぁ？　ちゃあんと午前中の説明は頭に入ったか？』

陽気なガイドでもある宮津が、交差点で停止した際、後ろを振り返ってのほほんと声を上げる。

「ありがとうございます、大丈夫です」

『んー、遠藤は何か追加で説明あるか？　言っときたいこととか』

『いや、今のところは全部言ったつもりなんで』

腰にダイレクトにつかまっている遠藤の声も、無線を通じて入ってくる。

『んー、じゃあ、田所』

マイクを押さえ、ヘルメットのシールドを上げた宮津が信号待ちの間に何か田所に命じている。昼食場所の指示でもしているのだろうかと、神宮寺はその姿を見ていた。

信号待ちの間は、腰につかまっている遠藤の腕も少しゆるんでいる。ずっと後部に乗りっぱなしなので、多分、遠藤自身も疲れているだろう。

「あの、大丈夫ですか？　疲れませんでしたか？」

何かうまいねぎらいの言葉でもかけられればいいがと思いながら、とりあえず声をかけてみる。

『平気だ、これぐらい』

つっけんどんに近い声が速攻で返ってきて、神宮寺は溜息をつきたくなる。まだ、返事をもらえるだけ、ましなのだろうか。

『神宮寺？』

そろそろ信号も変わろうかという頃、無線機から面白がるような宮津の声が聞こえてくる。

「はい」

今のやりとりを聞いていて、またからかってやろうなどと思っているのだろうかと、神宮寺は顔を上げた。

『私を捉まえてごらんなさーい』

信じられないような言葉と共に、哄笑《こうしょう》に近い宮津の高笑いが響き、神宮寺は耳を疑った。

「はい？」

それっきりブツッと無線が切れ、すぐ前にいた田所が信号が青になると同時に急発進して、二車線道路を斜めに突っ切って右折する。

『バカ、追えっ！』

すぐ後ろから、遠藤が無線を通じて叫ぶ。しかし、後ろに遠藤を乗せているために、急発進してまで車の動き出した交差点内を無理に横断することが、一瞬、ためらわれた。

神宮寺ひとりなら多少の無茶をしてでも田所のバイクを追うことは可能だった。しかし、安定性を欠く二人乗りでは、急発進、急制動が一番の事故の元となる。こんな交通量の多い交差点で、不意打ちで右折してしまった田所のバイクを追うのは自殺行為だった。

やむなく車の途切れたところで右折したが、宮津を後ろに乗せた田所のバイクはとっくにどこかに消えてしまっている。

「田所？　宮津さん？」

バイクを端に寄せた神宮寺はマイクに向かって呼びかけてみたが、応答がない。

「…すみません、ロストしました」

シールドを上げ、後ろの遠藤を振り返ると、同じようにヘルメットのシールドを上げた遠藤が呆れ顔を見せる。

「そりゃ、つかまらねーよ。わざわざ無線切って、こっち振り切って、消える気まんまんで逃げてるんだから」

そして、遠藤はボコリと神宮寺のメットを後部から殴った。

「お前もそんな追いかけ方してたら、いざっていう時に犯人逃がすぞ。本番では絶対に振り切られるな」

「すみません」

「わかってるよ、俺が後ろに乗ってるから、お前が無茶しなかったのは。田所はかなり無茶な発進させられてたし。あんな真似したら、事故るってんだよ。宮津さん、無茶するから…」

遠藤は微妙に言葉を濁すと、はー…、と溜息をつきながら、腕の時計を見る。

一応、安全上、自分のために神宮寺がためらったことは理解してくれているらしい。

「昼飯時だな。どうせ夕方まで宮津さんはつかまる気なんかないだろうから、飯食いに行くか。腹減ったし」

ぼやく遠藤に尋ねる。

「中華でいいんですか？　どこか指定の店あります？」

「広東飯店《かんとんはんてん》」

チェーン展開している安いことで知られた中華料理店の名前を挙げる遠藤に、神宮寺は携帯を取り出す。

「ここからだと距離的に一番近いのは、多分下北沢《しもきたざわ》の店になりますけど、そこでいいですか？」

店の名前で検索して確認すると、一緒になって神宮寺の携帯を覗き込んでいた遠藤は、携帯を取り上げてさらに勝手に操作する。

息が軽くかかるほどの距離が、なんともいえずに愛《いと》おしい。けっこう長さのある睫毛《まつげ》の影に、知らず知らずのうちに見入ってしまう。

「待て、赤坂店《あかさか》のほうへ行くぞ」

「え？　どこでも一緒じゃないんですか？」

虚《きょ》を突かれ、神宮寺はまじまじと遠藤の顔を見返す。

「違う、赤坂店がここらで一番美味《うま》い。それにオリジナルのドラゴン炒飯《チャーハン》がある。赤坂八丁目、乃木《のぎ》神社の裏あたり、カンボジア大使館のすぐ近くだ」

「はぁ…」

所詮《しょせん》はチェーン店だ。そんな味を云々《うんぬん》いうほどのことだろうかと思いながらも、神宮寺はいったん切っていたバイクのエンジンをかけ直す。

それとも宮津がサボりを決め込む以上、自分も多少は羽目を外してやろうと思っているのだろうか。

「おい、運転代わってやろうか？」

律儀に腰に腕をまわしながら、遠藤は珍しく自分から続けて話しかけてくる。

住所ですぐに道のあたりをつけられるよう、交機の研修を含めて叩き込まれたのはありがたいと思いながら、神宮寺は遠藤を振り返る。

多分、赤坂署に近く、青山《あおやま》一丁目、乃木坂《のぎざか》、赤坂、赤坂見附《あかさかみつけ》のどこからも同じくらい離れた住宅地の真ん中あたりだ。

「いえ、お疲れでなかったら、そのまま後ろに乗っててください」

「いーけどよ、お前、田所に俺の運転が荒いとか聞いたんじゃねぇだろうな？」

「…荒いんですか？」

神宮寺は微妙に言葉を濁す。確かに短気な分、安全運転をしそうなタイプではない。

「別に。ちょっとアジアっぽいって言われただけだ」

「アジア…、車間距離空けないとか、強引な割り込みするとかですか？」

「お前のアジアな運転っていうのは、そういう印象なのか？」

「なんとなくですが…」

基本的に自分の運転の欠点をあまり理解しようという気のなさそうな遠藤に、それ以上聞くのは無駄だと思った。

そのまま赤坂にある、遠藤指定の中華のチェーン店に向かう。

遠藤はよく知った店らしかったが、神宮寺自身は初めて来る。チェーン店とはいえ、看板も目立たず、教えられなかったらそのまま前を通り過ぎてしまいそうな、狭い大衆的な店だった。

近場にバイクを停め、カウンターで肩も触れあう距離で並んで座る。

「これ、ドラゴン炒飯は美味いから、絶対に頼め。ニンニクとニラが効いてる。餃子《ギョウザ》も必須。あー、ビール飲みたいよなぁ」

初めての二人っきりの食事でニンニクとニラたっぷりの炒飯を勧められるのはどうかと思ったが、珍しく遠藤が嬉しそうに勧めてくれるので応じておく。

「飲んでくださってもかまいませんよ。黙っときますから」

微笑むと、遠藤はちらりと横目に神宮寺を見た。顔だけを見てると、神宮寺を信用しきっていないのかもしれない。

「…まぁ、いいや。俺だけっていうのは、フェアじゃない。車じゃないしな」

フェアじゃないという考え方はいかにも遠藤らしいなと思ったが、いつもより少しだけ譲ってくれているのは嬉しかった。

強烈にニラとニンニクが効いたお勧めのドラゴン炒飯と餃子も美味かった。確かにこれでビールをひっかけられれば、最高だろうと思える。

「お勧めの炒飯、美味かったです」

「だろ？」

キャッシャーに向かいながら控えめに申し出ると、遠藤はまんざらでもなさそうな顔を見せた。

勘定をすませ、二人して外に出る。さっさとバイクを停めた場所へと向かう遠藤の背中に、神宮寺は思い切って声をかけた。

「あのっ」

遠藤は不思議そうに振り返る。

「今度、飯でも食いに行きませんか？」

「今、食ったじゃねぇかよ」

「いや、こういうところじゃなくて…、俺、奢りますから」

「は？　悪かったな、こういうところで」

遠藤は眉を寄せる。

「今の飯は、今の飯で満足してます。遠藤さんの言うとおり、美味かったですし」

「だろ？」

少しだけ機嫌を持ち直したらしく、遠藤は頷く。

「飯食うっていうなら、別に後輩に奢られるほど不自由してねぇよ」

「そういう意味じゃなくて」

「なんだ？　奢られなきゃいけないぐらい、高いところ行くつもりなのか？」

遠藤の返事はどこかピンぼけしている。

「いや、そこそこのところは行きたいと思ってますけど…」

「…あ？　ちょっと待て。やっぱり、お前の奢りでもいいかも」

遠藤はどれくらいのところを考えたのかは知らないが、口許を押さえて真顔で算段する。

「どっちでもいいです。いいですから、一度、ゆっくり話させてください」

遠藤は微妙に顔を引き攣《つ》らせる。

「…お前さ、何企んでるんだよ」

「企む？」

「いや、俺にそんないい飯食わせて、何の話があるんだ？」

「…ちょっと待ってください。あんた、どれぐらいのグレードの飯を考えてるんですか？」

「それ、正直に言っちゃっていいわけ？」

無意識なのだろうが、遠藤は上目遣いに神宮寺を見る。この男にこんな至近距離で上目遣いをされたことなどほとんど初めての経験で、不覚にもドギマギする。

「…もうこうなったら、言っちゃってください。黙って飯食いに行く先のランクを内心で設定されて、あとでダメだしされるのも怖いですから」

「…銀座《ぎんざ》のレカンとか、マキシム・ド・パリ？」

今度は神宮寺が頭痛を堪えるために、微妙にこめかみのあたりを押さえる。

余裕綽《しゃくしゃく》々で、ディナーだとおひとり様三万越えコースだ。行くなとは言わないが、それは初めて超本命の彼女をいただいちゃう前夜祭だとか、お初のクリスマスや誕生日イベントだとか、プロポーズ前提の話ではないのか。

たとえそれでも奮発しすぎて空回りというのか、噂《うわさ》にしか聞いたことのないバブルの頃だというならいざ知らず、この不景気にはやり過ぎ感がないでもない。しがない公務員の身では分不相応な気がする。

それとも、三十男になろうという身なら、それぐらいは覚悟しなければならないのだろうか。

第一、覚悟するのはいいが、いくら格好をつけても、自分ではマナーや雰囲気がまったく追いつかない。スーツやネクタイから、買い直さなければならないレベルだ。

「それは…、ちょっと図々しすぎやしないですか？　俺の奢りで？」

「あ、やっぱり？　そんなうまい話があるわけないよな。だと思ったぜ。まぁ、奢りで行けるんだったらラッキーぐらいのつもりだったんだけどよ」

ちっ、と小さく口の中で舌打ちする遠藤に、さすがに神宮寺は無言となる。

下心を見透かされてのことか、それとも単に質《たち》の悪いからかいなのか、よくわからなくなってきた。

「じゃあ、ダメ元でたん熊《くま》とかは？」

上目遣いに見てくる遠藤に、神宮寺は髪をかき上げる。

「大丸東京店《だいまるとうきょう》ぐらいなら、いいですよ」

それは本当だ。一緒に飯を食ってくれるというのなら、それぐらいは払うつもりでいる。

「あ、日本食オッケーなんだ。だったら、もっと本腰入れて本格懐石の店を探すぜ」

上を見ればフレンチよりも天井知らずの和食の店を探すと言われ、神宮寺の覚悟も揺らぐ。

「あんた、なんでそんなに俺にたかる気満々なんですか？　こう、もっと普通に飯食って酒飲めるような店あるでしょう？　ちょっと小綺麗な割烹《かっぽう》とか」

「予算はひとり一万円ぐらいか？」

「ちょっと待ってください。マジで泣けてきました」

「まぁ、分不相応なことはすんなよ」

遠藤はさっきまでの能天気なノリを捨てると、突き放したように低く言い、踵《きびす》を返す。

これは自分とはやはりあらためて食事をする気などないということだろうかと、神宮寺は紺のスーツをまとった遠藤の背中を追った。

この男が、やはり同性である神宮寺を恋愛対象として意識することは今後もないのだろうが、こうして食事をしに行く気もないといわれてしまうと、苦い思いになる。

気になって仕方のない、一見細く見えるすらりとした背中。いつも意識せずにはいられなかった。しなやかな筋肉をまとうその身体つきを見ると、いつも胸が締めつけられる。

誰かの姿を見て胸を締め付けられるような思いをしたのは、高校の時に近くの女子校の生徒といつも通学途中ですれ違った時以来だった。

遠藤とはまったくタイプは異なるが、いつも透けるように綺麗な子だと思っていた。少女らしい肉薄い夏服の肩には、簡単には声をかけられないような特別な雰囲気があった。

高校時代、共学だったためにそれなりに女の子が寄ってくることが多かったが、姿を見るだけで胸の奥が鷲掴《わしづか》みにされるような何ともいえない切なさと甘さを感じたのは、あの時以来だ。

いつか声をかけたいと思って、毎朝、少女に会うたびにその白い横顔を見ていたが、結局、声もかけられないままに、夏休みが明けたあと、少女は姿を消した。

通学時間を変えてみても会わなかったし、その女子校に詳しい二、三人の同級生に聞いてみても、いっこうにそれらしき相手がいなかった。家の事情で、どこかに転校してしまったのかもしれない。

声をかけられなかったことを長く悔やんだのは、あの時ぐらいのものだった。

だが、あれから十五年近く経った今も、本命である相手には勇気をふるって声をかけてみたところで、やはり自分には恋愛沙汰はそんなに器用にこなせないのだと思い知る。

どうでもいい相手とは適当に遊べるが、本命は大事に思いすぎて、幾つになってもうまく距離感が計れない。

「宮津さんは寮に戻って寝てるかもな。とりあえず、後半は港区《みなと》、渋谷区《しぶや》あたりをまわるか」

別に宮津のようにサボる気もないようで、遠藤はバイクのかたわらで口許に手をあてがって考える。

根が真面目な遠藤のその整った横顔を、神宮寺は少し切ない想いで見た。


遠藤にすげなく袖にされた日の夜、寮のランドリールームで洗濯物を洗濯機に入れながら、神宮寺は十年近く前に初めて遠藤を見た時のことを思い出していた。

遠藤の姿を最初に見かけたのは、大学時代、何気なく見ていたニュースの中だった。

数日前に海外で起こった飛行機のハイジャック事件で、デンパサール国際空港という聞き慣れない空港名と共に乗客名簿に邦人数名の名前があったことは知っていた。

しかし、デンパサール国際空港がインドネシアのバリにある国際空港だということさえ、そのニュースで初めて知ったぐらいだった。犯行声明を出しているテロ組織についてては、事件自体に興味がなかったために、解説などもほとんど聞いていなかった。

一年に何度か起こる国際的な飛行機事故やハイジャックニュースで、いつも取り沙汰されるのは乗客名簿に邦人名があったかどうかということぐらいのものだ。基本的には学生の身である神宮寺にとっては、それが赤の他人である以上、ニュースで流れる事件のひとつという認識以外の興味を持てない。

大学に入ったばかり、父親が警察官、親戚にも刑事がいるという、警察系の公務員が多い家庭環境だったため、漠然《ばくぜん》と自分も将来は警察官になるのではないかと思っていた。しかし、別に将来的に確固たる信念があるわけでもない年頃だった。

就職氷河期で、入学早々に就職活動を三年生になればはじめなければならないと聞いてはいたが、むしろ、当時は母親の交通事故での初めての入院に、弟を含めて家中がそちらに気をとられていた。

東京にいれば頼りになるだろうはずの姉は結婚して北海道《ほっかいどう》に行っており、しかも二人目を身籠《みご》もっていたために、母親のために長期間帰ってこれるような状況ではなかった。父親は仕事があるし、弟も受験生だったので、主だって病院に通っていたのは比較的時間が自由になる神宮寺だった。

自転車に乗っている途中、右折車によってボンネットの上に跳ね上げられた母親は命に別状はなかったが、腰と大腿骨を骨折し、半年以上にわたって何度か手術を繰り返すほどの大怪我《おおけが》を負った。

最初に運び込まれた病院での手術結果が思わしくなく、父のツテを辿《たど》って大学附属の総合病院へと再手術のために転院した。残された男ばかりでは慣れない家事は十分にまわらず、家中がひっくり返っていた。

そんな慌ただしい日々の中、デンパサール国際空港を出発後、ハイジャック機が犯人側の要求に従ってフィリピンのマニラ国際空港に強制着陸させられたということも、少し大きめのニュース程度にしか考えていなかった。

ハイジャック事件がいきなりトップニュースとなったのは、そのハイジャック機内で犯人のひとりが持ち込んでいた爆弾を爆発させてからだった。

密室状態で外からやりとりのほとんど窺《うかが》えないハイジャック事件が、大量の死者と負傷者を出すいたましいテロ事件となり、どの局をまわしてみても、大破した機体と消火活動の様子が常にテレビ画面に映っていた。

海外での事件であることから、爆発までの経緯や情報はさらに錯綜《さくそう》し、事件に巻き込まれた邦人の名前が繰り返され、無事が確認されたといっては、それが撤回されたりもした。

大破した機体の映像ばかりが流されたハイジャック事件の数日後には、『涙の帰国！』などとマスコミが騒ぎ立てる中、犠牲者の家族に付き添われた遺体が、成田《なりた》に帰ってくる悲痛な映像ばかりが流されるようになった。

黒のスーツに身を包み、半ば放心したような顔で棺《ひつぎ》に寄り添って歩くのは、自分と同じ年頃の青年だった。それに向かって報道関係者がこぞってフラッシュを焚き、マイクを押しつけていた。

こんな報道番組ではいつものこととはいえ、報道の権利を楯に被害者家族をさらにつつきまわす様子は、思わず眉を寄せたくなるような醜悪さだった。

不慮の事件に巻き込まれて身内を失ってすぐの家族に、いったい何を話せというのだろうと、あの時も苦々しく思っていた。

――酷いわね、この子の亡くなったお父さん、うちのお父さんと同い年よ。

病室でテレビを観《み》ながら同じように眉をひそめた母親の言葉は、後の経過もあって今も鮮明に覚えている。

その後、数ヶ月が経って、次から次へと起こる様々な事件に、そのハイジャック事件も取り沙汰されなくなっていた。結局、犯人側が爆弾を爆発させた理由もわからないままだった。神宮寺自身も、事件を忘れていた。

母親の退院の話などがそろそろ病院で持ち上がってきた頃で、少し気持ちも明るく上向きになっていた。家族も母の帰宅を待ちわびていた。穏やかな家の中心は母親だったのだと、皆がつくづく思い知った頃だった。

中庭を母親の乗った車椅子を押していた時に、母親が自分と同じ年頃の細身の青年が歩くのを指さした。

――あの子、わかる？

わかると尋ねられても、覚えがなかった。

同い年ぐらいにしては線の細い整った容貌だと思ったが、それ以上に生気に欠けた、放心して力ない表情だと思った。うつむいているわけでもないのに、まるで幽鬼のように影が薄く見える。

まだ人生経験が少なかったせいもあるのだろうが、そんな人間を実際に目にしたのは初めてだった。

うつむいているわけではなく、確かに顔を上げて歩いているのに、青年の顔からは表情らしきものが感じ取れなかった。顔つきが悲痛なわけでもなく、苦しそうなわけでも、泣き出しそうというのでもない。そう判断するほどの表情がまったくない…、そんな顔だった。

何と表現していいのかはわからなかったが、なぜか途方もなくいたたまれないような気持ちになった。

——この間のハイジャック事件でお父さん亡くした子。今、あの事件に巻き込まれたお母さんが、ここに入ってるんだって。大学生だからひとりで日本に残ってたらしいんだけど、可哀相《かわいそう》に毎日来てるの。あんたとひとつ違いだって…。

そう言われて初めて、空港で遺族としてマイクを押しつけられていた青年の様子を思い出す。

事件で重症を負った青年の母親は、容態が落ち着いた際に母親本人の希望もあって日本に移されたらしいが、意識が戻ったり、なくなったりという状態が続いているらしい。

——あんまりよくないんですって。意識が戻ることもあるらしいけど、最近はその間隔も開くようになっててね…、もう時間の問題だって。他に兄弟がなくてひとりっ子らしいのに、そうなったらひとりぼっちになっちゃうのよ、可哀相に…。お母さんだって心残りだろうにね。

同じ年頃の息子を持つ境遇に同情してか、自分も家族を家に残している辛さもあってか、溜息混じりの母親の言葉に、あの青年は父親について母親も亡くすのかと、神宮寺も神妙な気分で病棟に入ってゆく細い背中を見た。

自分だって、この歳で両親ともに亡くしてしまうのは辛い、…というより、両親がいなくなるということ事態が想像を絶している。友人も含めて、これまで身近に近親者をなくした者がいなかったせいもあるだろう。

今だって母親の入院ひとつで家の中はほとんど機能しなくなっているが、その家自体がすっかりなくなってしまう、存在しなくなってしまうというのは、いったいどんな気分だろう。帰りたいと思っても、帰る場所が無くなるというのは、どんな気分なのだろう。誰も自分を待つ者がいない、迎えてくれる者がいないというのは…、すでに二十歳を超えていたが、そこまで考えただけでゾッとした。間違いなく、自分もあんな世界のすべてを失ったような表情になるだろう…、そう思った。自分からは遠く離れたまったくの他人事のように思っていた不幸が、気がつくとすぐかたわらに這い寄っていた…、そんなある種の怖さもあった。人の不幸が、あんなにも身に迫って感じられたことはなかった。

その後、その青年の母親も亡くなったと聞いたのは、母親の退院直前のことだった。テレビのニュースはとにかく、実際に目の前で見かけたのはたった一度きりの青年だったが、聞いた時には何ともいえない無力感と同情を感じたものだった。何回か青年を見ていたらしき母親は、それ以上に辛く思ったらしい。

それから数年の時が流れ、警察学校を経て入寮後、同じ独身寮内にあの時、病院で見かけた青年の姿を見た。以前の影の薄い印象とは異なり、普通に隣の仲間と笑ってはいたが、あの時の青年で間違いないと思った。

気になってすぐそばにいた先輩に相手の名前を聞き、聞いた名前で事件についてのネット上の記事を検索した。

記憶に間違いはなく、ひとつ年上のその青年は、やはりあの時に病院で見かけた青年だった。異国でのハイジャック事件で両親を亡くし、ひとり残った青年――それが遠藤だった。

笑えるのだなと思った。そして、笑っていたほうがずっといいと思った。

同時に、表情があるととても生き生きと魅力的に見えるのだなとも思って、時折、寮内で見かける姿を目で追っていた。

男にしては線の細い顔だったが、そうやって笑えるようになるまで、自分の中でどれだけのものを乗り越えたのだろう。あの表情を欠いた精気のない状態から、どうやって笑顔を取り戻したのだろう……、それが不思議だった。

最初に目にした虚《うつ》ろな印象とは異なり、思ったことをつけつけと口にしてははばからない性格だと知ったのも、その頃だった。ただ、それに対してネガティブな印象は持たなかった。裏表のある人間よりは、個人的にはずっと好ましい。

それからまもなく、遠藤本人の熱心な希望でSATに異動していった。

そう聞くと、もう忘れられなくなった。

SATにも、結局、そのあとを追って入隊を希望したようなものだ。受かるとも限らなかったが、自分の強い踏ん切りとなったのは、遠藤だった。

何かの拍子に、自分と誕生日が半月と変わらないことも知った。遠藤は三月末の早生まれで、自分は四月上旬なので学年は違うが、生きてきた時間はほとんど変わらないことを知ると、いつのまにか気になって気になって仕方がなくなった。

その結果がソープランド事件だったりするのだから、自分の要領の悪さも始末に負えないやら、情けないやらではある。

しかし、寮にいる遠藤は、いつも明るく楽しそうに見える。あの時に病院で見かけた、生気も何もかも削《そ》ぎ落としたような顔は、一度たりとも見かけたことがない。

昔、病院で見かけたことを打ち明ける気もないし、遠藤が辛い過去を乗り越えて、今、目の前で元気に笑ってみせていることについては、下手な慰めを言う気もない。

時間の経過は、わずかでも遠藤の疵を癒《いや》しただろうか。

今日は少しは心が通い合ったような気がしたのに…、と神宮寺はランドリールームから雑然とした街の夜景を見ながら思った。

Ⅲ

昼食時、本庁の食堂で篠口と共に定食の載ったトレイを手にした遠藤は、空いたテーブルに腰を下ろし、箸を手にとって少し考えた。

「どうしたの？　何か買い忘れた？」

遠藤を前にするといつも楽しいなどと言ってくれる篠口は、おかしそうに尋ねてくる。何でも食に直結すると思われているのは微妙だが、事実、今の遠藤には食べることぐらいしか趣味がないので仕方ないのかもしれない。

「…いえ、この間、ちょっと意外な人間に飯に誘われて」

「意外な人間？　管理官とか？」

だったら怖いよね、などと篠口は軽口を叩く。篠口にとっては、食事に呼ばれたくない相手らしい。

「いえ…、神宮寺なんですが…」

やはり篠口にとっても意外だったらしく、何もかもにおいてそつのないこの男にしては微妙な表情を見せた。

「…へぇ、それはまた…」

「やっぱり、何かの冗談だったんですかね？　あの時、何言ってるんだ、こいつって思いましたから」

篠口はわずかに首をかしげる。

「神宮寺君は、あまり冗談とかでそういうことを言えるタイプじゃないんじゃない？」

「そうですか？」

正直、苦手意識が先立って、どんな奴だと説明できるほどのデータがない。向こうもこちらの悪口を言いふらす程度に、自分のことが嫌なのだろう程度にしか考えたことがないままに、これまで来てしまった。

もともと食事を一緒に取ったのも、あの時、宮津に二人で置いてけぼりにされてしまった流れというだけだった。誘われても、あらためて一緒に出かけ直して話すことなどないなどと、とっさにこれまでの反感や苦手意識などが先立ってしまった。

「神宮寺君、そんな風に言ってきたんだ」

へぇ…、と篠口は広い職員食堂の窓の外へと、しばらく視線を流す。

「いや、もともと一緒に飯食ってるんですよ。あの時、田所連れた宮津さんに世田谷で置いてけぼりにされて、仕方なく昼飯食ったっていうか…」

「仕方なく一緒にお昼ご飯食べた後で、また、あらためて食事に誘われたの？」

「ええ、こういうところじゃなくて、そこそこのところでって。まぁ、行ったのが広東飯店だったせいかもしれないですけど」

「へぇ、広東飯店でお昼ねぇ…」

篠口は微妙に笑っているような、すでに答えを知っている教師のような、何とも不思議な表情を見せる。時にこの人は、色々と奥が深すぎてよくわからないことがある。

「まぁ、神宮寺君がそう言うなら、一度腹を割って話してみるのもいいかもしれないよ。一緒に食事がしたいって、結局のところ、そういう意味でしょ?」

「あいつとですか?」

今さら、何の話が…、と遠藤は顔をしかめる。

「そんな顔してないで、けっこう、彼の面白い一面が見られるかもしれないよ」

「別に今さら、あいつの他の一面を見ても…、何かありますっけね?」

遠藤のぼやきに、篠口は微妙に苦笑する。まぁ、これまで角突き合わせてきたのに、今さらどうしてというのもあるのかもしれない。

「そんなこと言ってないで。話せば、互いに少しは分かりあえるだろうし、歩み寄れるかもしれないじゃないか。それに遠藤君の方が、神宮寺君よりセンパイなんだから、ここは大人になって胸を貸すのもいいかもしれないよ」

あえて先輩だから胸を貸してやればなどと言うあたり、篠口にもからかわれていることがわかる。

「センパイったって、俺の行ってた海外のインターナショナルスクールの感覚で言えば、あいつは同学年ですよ」

「じゃあ、よけいに同い年のよしみで」

「篠口さん、面白がってる」

遠藤が唇を尖《とが》らせると、篠口は本当に楽しそうに声を上げて笑った。


「神宮寺、ちょっと」

ちょうど寮へ帰ってきたばかりの神宮寺と行き会った遠藤は、ビールの入ったコンビニの袋片手に、スーツ姿の男に顎をしゃくってみせた。

神宮寺は遠藤に声をかけられたのが意外だったのか、少し驚いたような顔を見せたあと、いつもよりもずいぶん穏やかな顔で尋ねてくる。

「着替えてからでいいですか？」

「いや、そんなに話長くするつもりないから、そのままでいい。俺の部屋来てくれ」

遠藤は階段を上がりながら、長身の男を振り返る。

「お前、晩飯食ったのか？」

「いえ、まだこれからですけど」

「先食ってきてもいいぞ」

「遠藤さんは？」

「俺はもう食った。お前の分のビールは冷蔵庫突っ込んどくから、ゆっくり食って来いよ。俺、部屋にいるから」

紺のスーツに身を包んだ神宮寺は、鋭角的な顔立ちをほころばせた。

「あ、じゃあ、お言葉に甘えて。飯食ったらすぐに行きます」

そうそう、普段からそんな風に笑ってみせれば、少しは可愛いじゃねぇかと遠藤は指先にひっかけたコンビニの袋を揺らす。

やはり篠口に言われたとおり、話せばわずかでも歩み寄れるかもしれない。かもしれないという程度なあたりが、まだ微妙だが…。

遠藤が部屋でテレビを観ていると、やがて着替えも終えた神宮寺がやってきた。デニムに襟ぐりの広い濃紺のカットソーというラフな格好だが、足の長い分、妙に様になる。

なんかムカつくな、カッコつけやがって…という普段からの大人げない反発が、また妙にムラムラと頭をもたげた。

「…何、お前、どこ行くの？」

「どこ行くって…、今から飲みに出るんですか？」

答える神宮寺はずいぶん間抜けた顔となった。

「いや、ずいぶんいいカッコしてるなと思って」

「え？」

神宮寺は自分の胸許あたりを見下ろす。

「そんなつもりはなかったんですけど。あ、でも手持ちの服の中ではマシな方かな」

「ふーん、スタイルいい奴は何着てもよく見えるんだな」

こういう言い方は、ちょっと当てこすりっぽいかと思いながら、遠藤は小型冷蔵庫に入れていたビールを取り出す。

自分にはまだ、宮津のような人を喰《く》ったような軽い言い方はできないので、これではただの嫌味だ。

それとも、田所などはよくからかっても普通に懐いてくれているので、単に遠藤の方がこだわってしまっているだけだろうか。

「すみません、ビール代は？」

「あ、これは俺の奢り。アテはジャーキーとナッツでいいのか？」

あと、ポテトチップスがあったか、などと遠藤は以前に部屋で酒盛りになった際、誰かが置いていったスナックを取り出す。

「けっこう片付いてますよね」

同じ構造の部屋だろうに、はじめて入った好奇心からか、神宮寺は六畳半ほどの部屋を見まわす。

片付くも何も、共同風呂、共同便所の古い男子寮だ。ベッドと机、ロッカー、テレビ、小型冷蔵庫は備え付けで、あとは持ち込みの電化製品以外は置くべきものもない。置く場所もないから、色気も素っ気もない部屋だ。

遠藤は片頰で笑った。

「何、お前、汚部屋なの？」

「いや、そうでもないと思いますけど」

多分…、と神宮寺はつけ足した。

「だろうな、机まわりもきっちりしてるし」

SATにいた時も、身のまわりや備品に関して、機能性を何よりも優先する神宮寺は厳しかったと聞いている。

「呼びつけて悪かったな」

乾杯、と取り出したビール缶を申し訳程度につきあわせると、神宮寺はそれでもずいぶんと美味そうに缶を呷った。

「今日はまた、どうして俺が呼ばれたんです？」

邪魔なだけだろうというむやみに長い脚を絨毯《じゅうたん》の敷かれた床に投げ出して座る神宮寺は、どこか嬉しそうな顔でベッドに腰掛けた遠藤を見上げてくる。

なぜか、以前に警察学校の見学で見たことのある、よく訓練されたシェパードを思い出した。抑制のきいた表情の中で、大きな黒いシェパードはそれでも訓練士を嬉しそうに見ていた。

どうして今さら、そんなものを思い出すのだろうかと不思議になる。

篠口に言われたとおり、意外に話せばわかりあえるのかもしれない。最初の印象が悪すぎただけで
…、と遠藤は機嫌よくビーフジャーキーの袋を開ける。

「ああ、ちょっと人に勧められてな。確かに同じ部内で歳も近いんだし、いがみあってるのもどうかと思って、腹割って話せればと思った」

「…人って…、篠口さんとかですか？」

すっと神宮寺の声のトーンが落ちる。

どうしてそんな妙なところで、急に不機嫌になるのかと遠藤は不思議に思う。

「まぁ、そんなとこ」

「仲いいですよね」

「普通だろ？」

それなりに穏当に始まった飲みが、すでにどこか棘のある言葉の応酬になっている。

「篠口さんはいい人だよ、妙な誤解するな」

神宮寺が笑おうとしたのがわかったが、伏せるように流した目が微妙に笑っていない。

「いや、それはわかってます。色々教えてくださるし…、ちょっと俺にはつかみにくい人ですけど」

「つかみにくい？」

「ああ、俺、多分、もうちょっと単純な人の方が理解しやすいんです。俺自身がそんなに奥行きある人間じゃないんで…」

悪く言うつもりもないらしい。ただ、どうも話しぶりは微妙だ。

神宮寺はさらに何か言いかけ、手の甲ですっきりとした額のあたりをこすった。

「…すみません」

「でも、お前、そんなに単純バカでもないだろ？　後輩にも慕われてるし、それなりに洞察力もあるし」

遠藤は缶に口をつけながら言う。

神宮寺は遠藤や宮津のように、後輩とじゃれてじゃれて、時に相手に熱く構い過ぎてウザがられるようなタイプとは根本的に異なる。

制圧班を率いていた神宮寺には独特のシャープさがあって、その淀みないストイックな雰囲気に黙ってついてゆく、そして、ついていきたいという後輩は多かった。

過去の経緯もあり、それが時にカッコつけやがって…、という反感となったこともある。

遠藤は基本的に、話せばわかる、わからないことは、とことんまで話し合えばいいという人間だ。

もちろん相手にも言ってもらったほうがいいし、自分自身も比較的遠慮なくつけつけと尋ねる。

そんな面が帰国子女らしい自我の肥大だの、一を聞いて他を悟るという日本人的な繊細さ、思いやりに欠けるだのと言われ、学生時代から一部の人間に疎まれたことは知っている。警察内部に入ってからも、反感を買うことが多々あった。

しかし、神宮寺は別にとことんまでその人となりを知ってるわけではないが、多分、そういう日本人らしい繊細さを持ち合わせたタイプだと思う。

いわゆる日本男子的な繊細さ、口には出さないままに背中で語るという、器用なのだか、不器用なのだかよくわからない芸当のできる男だ。

「…俺、ちょっと頭冷やしてきます」

ふっと神宮寺が缶を置いて、立ち上がる。

「何だ、お前？　ちょっと待てよ」

それはあまりに背中で語りすぎというか、何考えてるんだ、コイツ…と、そんな勝手な動きに腹が立ち、とっさに遠藤も立ち上がって、ドアに向かおうとする男の腕を捉えた。

「何だ、お前。そんなに俺が気に入らないのか」

険悪な顔となって嚙みつく遠藤に、神宮寺も眉を寄せ、溜息混じりに遠藤の肩越しに壁に手をつく。

身長差と体格差をやたらと意識させる、その態度が無性に癇に障る。まるで女相手に、動けないよう囲い込んででもいるようだ。

「…お前、これは何の真似だ？」

「別に気に入らないなんて言っちゃいません。俺だって、あんたとうまくやれるならやりたいですよ」

その不遜《ふそん》な言い方に、遠藤は苛々《いらいら》と顔を歪めた。

「じゃあ、もう少し口先だけじゃなくて、態度でも示して見せろよ。人をバカにしやがって。何だ、この手は」

遠藤が顔の傍らにつかれた手をパンと音を立てて払いのけると、神宮寺はわずかに顎を上げて遠藤を眺め、顔の脇で軽く両手を挙げて見せた。

「…すみません」

降参だという態度なのか、さらに小馬鹿にされているのか、どうにも判じがたい。

「お前なぁ、ちょっと教えてくれないか？　俺の何が気に入らない？　俺は腹の中で色々思われても、そういうのはいちいち説明されないとわからない人間なんだよ」

「…そんなことないと思いますよ。遠藤さんはけっこう色々観察してますし、察したり呑み込んだりっていうのも早い。俺もそれはわかってます」

遠藤の顔から微妙に視線を逸らし、神宮寺は低く言う。

「俺はこれでも一応、お前とうまくやりたいと思ってるんだけど。せっかくまた、同じ部署になったんだし」

これは嘘だ。

正直、ウザいとは思っている。何でお前まで、同じ部署に配属されるのだとは思っている。こんな息の詰まるような飲みもめんどくさいし、こういう内心を見せようとしない相手とのやりとりも疲れる。

そんな遠藤の気持ちを見越したように、それまでわずかに視線を逸らしていた神宮寺は、眉を詰め、まっすぐに遠藤の目の奥を上から覗き込んできた。

つい反射的に、そんな男の目を挑《いど》むように睨み返してしまう。

するとふいに大きな手が伸びてきて、強い力で遠藤の顎をつかんだ。

何をするのだと、あまりに意外すぎるリアクションに遠藤は目を見開く。

男のもう片方の手が、いきなり肩を抑え込む。

気づかぬうちにここまで後輩の恨みを買っていたかと、遠藤は反射的に固まった。

突発的な殺意や暴力的な衝動とは異なることはわかった。しかし、何かもっと鬱屈した、これまでまったく知らない不思議な気配が遠藤を圧する。

唇に、身を屈めた男が自分の唇を押しあててくる。

何だ、これは…？　何をされてる？

キスをされているのだと頭では理解していたが、理性ではまったく理解できなかった。

新手の嫌がらせか？　何かここまで逆上させたか？　…何だ？　何だ？　何だ？

一瞬、頭の中が真っ白になる。

こんな真似をされるほどに、自分はこの男の憎しみを買っていたのだろうか…？

そう思うと、怖くもパニックにもなる。

遠藤はとっさに肘で、神宮寺の胸を強く突いた。

「…っ！」

突かれて半歩後ろに下がった神宮寺が、反射的に驚いたような顔を見せる。

互いにしばらくは目を見開いて、ずいぶんマヌケな顔を作っていただろうと思う。

「…なんだ？　おい…」

遠藤の洩《も》らす喘《あえ》ぎに、神宮寺は遠藤の顎を捉えていた手で口許を覆う。

「…すみませんでしたっ！」

それだけ言い残すと、止める間もなく男は部屋を出てゆく。

止める間もないばかりでなく、実際に呆気にとられた遠藤には止める気力もなかった。

「…は？」

我に返ったのは、呆然《ぼうぜん》と自分の唇を押さえてからだった。

「…なんだ？　おい」

今のは何だ？　何だったんだ？

キスか？　キスだよな？

遠藤は目を見開き、神宮寺が消えたドアをただ呆然と見ていた。

三章

Ⅰ

「元気ないね、湿度高いのって苦手なんだっけ？」

少し薄暗い部屋で、篠口は手ずから淹《い》れたコーヒーを差し出す。

「苦手なわけじゃ…、親父の仕事でタイにいたこともありますし。かといって、得意でもないですけど」

いただきます…と断り、遠藤はカップを受け取った。

遠藤は詳しくないが、カフェなどで出てきそうな四角いフォルムの白い洒落《しゃれ》たコーヒーカップひとつとっても、いかにも篠口らしい。

「そう？　じゃあ、何かあった？」

「いやぁ…」

遠藤はらしくもなく言葉を濁すと、視線を微妙に部屋の中へ泳がせる。

オフである土曜日、昼食をご馳走《ちそう》になりがてら、遠藤は篠口の部屋へ遊びに来ていた。特殊捜査班の刑事は基本的には日勤なので、特に事件がない限りは土日は休みとなる。

篠口の部屋に遊びに来るのは、これで三度目だった。食事をご馳走になるのは、二度目だ。

一度目はちょっとした総菜中心の和食、今日はシーフードのパスタとサラダだった。

どちらも美味《うま》い。しかも、ちょっと唸《うな》ってしまうぐらいに美味い。

学生時代も自炊していて、料理そのものが嫌いでないという篠口の腕はかなりのものだ。男の手料理には間違いないが、味つけも盛りつけも、プロに近い。

独身の警察官は待機寮という名目で、有事に備えて独身寮に入るのが原則だが、三十五を越え、いまだ独身の篠口は、数年前に暗黙の了解で独身寮を出ていた。

「篠口さんの部屋って、あいかわらずおしゃれですねー」

クッションを膝《ひざ》にソファに腰掛けた遠藤は、コーヒーに口をつけながら天井の照明を仰いだ。

統一感のある篠口の部屋のインテリアは、ミッドセンチュリーモダンとやらいうのでまとめられているらしい。独特の丸みのあるラインと色合いのソファやローテーブルは、五十年、六十年代の洋画に見られるような、レトロな雰囲気がある。

遠藤のいる独身寮の中では、まずこんなインテリアセンスを持つ者はいない。身のまわりをこざっぱり片付けている者はいるが、住環境にこんな細かなこだわりを見せる人間は知らない。

あの年季の入った備え付け家具ばかりの六畳一間では、こんなセンスを発揮しようもないという理由もあるのだろうが、やはり篠口の好みやこだわりなどは独特だと思う。

年齢的なものもあるのだろうが、料理といい、部屋の趣味といい、奥行きが深い男だ。可愛がってくれているのはわかるが、実のところ、篠口の本音はよくわからない時がある。

「おしゃれっていうより、古い年代物のマンションだからね。こういうのじゃないと、部屋の古さばかりが目立つんだよね」

篠口は苦笑した。

篠口が住むのは、丸みを帯びた小さめの窓が特徴的な昭和中期の雑居ビルだった。最近ではほとんど見かけない、釉薬のかかった茶色のタイル張りの古めかしいデザインのマンションには、確かにこのインテリアはぴったりハマっている。

「この部屋にはよく似合ってますよ。海外のアパートみたいで…っていうほめ方は、センスないかもしれませんが」

しかし、洗練された雰囲気はいかにも篠口らしくておしゃれだと思うものの、遠藤にとっては生活感がなさすぎて、どことなく落ち着かなかった。遊びに来るにはいいものの、自分の部屋はここまで完璧に整ってなくてもいい。

古い造りで窓が小さく、部屋の中が全体的に暗めなのも鬱々《うつうつ》とするように思えて、遠藤の性格に合わない。

篠口には、あえて部屋を明るくしようという気はないらしい。木製のブラインドやモノトーンのレースのカーテンでさらに採光を絞り、光源を必要最小限度の間接照明のみに押さえた部屋は、海外には多いが、日本では珍しい。

柔和なインテリ肌の篠口にはよくあった部屋だが、まるで隠れ家や趣味の部屋のようだと遠藤は思っていた。

「でも篠口さん、料理の腕といい、部屋の雰囲気といい、あまりにすべてが出来すぎてて、全方位隙《すき》がないですよね」

篠口のように何もかもが出来すぎると、逆に近寄りがたいように思えることもある。結果的にそれは本人にとって損ではないかという勝手な遠藤の感想に、篠口は苦笑した。

「隙がないかな？」

「あ、…すみません、それは俺の勝手な想像で…」

普段から物言いに遠慮が無いだの、無神経だのと言われている遠藤は口許を覆う。

「いや、そういう勘のよさみたいなのは刑事には大事だよ」

ソフトな篠口の口ぶりは、特に否定でもない。

それを聞いて、篠口には何かあえて隙なく装っている理由があるのかと遠藤は思った。尋ねたところでうまくはぐらかされてしまうのだろうが、その裏に隠さなければならないような何かがあるのかと思うこともある。

神宮寺がつかみにくくて理解しづらいと言ったのは、まったくわからないでもない。確かに篠口自身、ソフトな物腰の裏の本心を、そう簡単には見せたくないのかと思う時がある。

「…で、何があったかは言いたくない？」

「いや、そういうのじゃないですけど…」

カップを手にソファの隣に腰を下ろしながら悪戯《いたずら》っぽいような目を見せる篠口に、遠藤は曖昧《あいまい》に笑った。

「遠藤君、今日返してくれた本の代わりに、また何冊か持って帰る？」

篠口が隣の書斎兼寝室を指さす。

「あ、いいですか？　ぜひ」

立ち上がる篠口に続き、遠藤は片方の壁面に書架が並ぶ部屋に足を踏み入れる。

セミダブルのベッドとよく片付いた机が置かれている七畳程度の部屋の片側は、全部天井までの書架だった。

まさにベッドと本棚だけの部屋で、篠口は地震が起きたら本に埋もれちゃうかもね…、などと笑う。

「これ、面白かったよ。あと、この犯人との交渉術の本もお勧め。他に何か読みたいのがあったら、適当に持っていってくれていいけど」

篠口は壁から英語の原書を含む専門書数冊を抜き取り、渡してくれる。

篠口は何年も前から、海外の犯罪心理学などの本も取り寄せ、熱心に読み込んでいるようだ。もともと関心のある分野だったらしいが、篠口が専門知識に長けているのは、日々のそんな努力の積み重ねの結果だった。

「ありがとうございます。あー…、この本、読んでみたかったんです」

差し出された本のうち三冊は、犯罪被害者の心理に関する専門書やノンフィクションだった。アメリカでは高く評価されているが、まだ日本では翻訳されていないものもある。

以前、遠藤のいたSATとは異なり、SITでは加害者心理ももちろんだが、被害者心理にも十分理解がないと、犯人逮捕につながらない。つながらない上、被害者側からの捜査協力を得られないこととなる。

遠藤自身も犯罪被害者のひとりといえるのだろうが、かつて自分が味わった思いだけで、すべての被害者の心理を完全に理解できるとは思わない。宮津にはよく、帰国ちゃんなどとからかわれるが、遠藤の考え方も、日本では少し異色だということは知っている。それもあって、より客観的に過去を見つめ、理解を深めるためにも、犯罪被害者心理については知識を深めておきたかった。

ぱらぱらと本をめくりかけ、性犯罪の項目を見かけた遠藤はうっすら唇を開く。

「痴漢なんかに襲われた時に身がすくんで声が出せないっていうのは、あれは何なんでしょうね…」

「痴漢？　性的犯罪の被害者心理？」

あまりに初歩的な質問をどう思ったのか、本棚を眺めていた篠口は逆に少し意外そうな顔となる。

「あ、いや、友達の話です、友達」

「女の子？」

「ええ、まぁ…」

さすがに自分の話だとは言えず、遠藤は曖昧に言葉をぼかす。

「動転すると緊張で交感神経が刺激されて、とっさに筋肉が収縮するからね。むしろ、身体がすくんで動けない、声が出せないっていうのは、ごく当たり前の反応だよ」

「普段、体術の心得なんかあっても？」

「それは関係ないよ。熟練者でも油断は禁物なのは、遠藤君の方がよくわかってるでしょ？」

「殺意とか、攻撃衝動ならわかるんですけどね…」

普段いけ好かないとはいえ、よもや後輩の神宮寺に押さえつけられるとは思わなかった。

何かと気にくわないが、神宮寺は見た目がクールな分、それなりに理性がある、むしろ、普段は冷めているようにも思っていたので、力に訴えて何かするようなタイプには見えなかったせいもある。

むしろ、あれは力でもない…。

「…つきあってもいない相手にいきなりキスしたりするのは、何なんでしょうね…」

遠藤はぼんやり呟く。

「嫌いな人間にキスする人間はいないんじゃない？」

篠口は淡々と答える。

「祝福や挨拶、家族や親しい人間への愛情表現なんかも含めて、キスの意味合いの軽い海外ならとにかく、日本ではキスに挨拶や侮辱、呪詛《じゅそ》の意味合いはないからね。たとえストーカーからの一方的なものや、愛情として歪んだものでも、基本的にキスは好意や恋愛感情からくるものだと思うよ」

むしろ、ヨーロッパ圏以外ではそうなのかな、と篠口は言葉を続ける。

「逆に考えてみて。レイプの被害者のほとんどがレイプ時にキスされることがほとんどないのは、レイプしてでも性欲を満たしたいって欲求と、相手にキスしたいっていう欲求とが、まったく別の動機から出ているものだからだよね」

「…はぁ」

理屈で説明されても、すぐには納得しがたい。

神宮寺が自分に恋愛感情を持っているとでもいうのだろうか。あの生意気な後輩が…？

生返事をしたきり黙り込んだ遠藤をどう思ったのか、篠口は本棚に背中を預け、腕を組む。

「キスされたの？」

「…はぁ」

「それ、遠藤君の話だよね？」

基本的に嘘の苦手な遠藤は、それ以上ごまかすことが出来ずに頷いてしまう。

「…ええ、まぁ」

篠口は苦笑した。

「相手って…、神宮寺君？」

見事に相手を言い当てられ、遠藤は反射的にまじまじと篠口を見つめ返してしまう。

「どうして、それが…？」

「どうしてって…、昨日、飲みに誘ってみるって言ってたじゃない」

「ああ…、それで…」

色々と動揺しているせいもあるだろうが、どうしてそんな簡単なことに思いあたらなかったのだろうと思った。その一方で、普通、その対象に遠藤と折り合いのよくない、しかも男の神宮寺を含めて考えるものだろうかとも思う。

遠藤なら、まず同じ話を聞いて相手として思いつくのは異性だ。それとも、推測や分析にこんな先入観を持つこと自体が、基本的に刑事としての適性がないのか…。

昨日、神宮寺にキスされて以来、何か根本的なところがオーバーフローしている。

そのまま思考が停滞してしまった遠藤を、篠口はリビングに促した。

「コーヒー、冷めちゃうよ」

促されてみて初めて、遠藤は自分が寝室という篠口のかなりプライベートな空間に、長く入り込んでいたことに気づく。

「すみません、俺、寝室にまで入り込んで」

「いや、入れたのは僕だから気にしなくていいよ」

詫《わ》びると、篠口は苦笑して、部屋の間の引き戸を閉めた。

ソファに戻ると、遠藤はコーヒーのカップを手に取り、呟く。

「何なんでしょうね、神宮寺…」

「何って、さっき言ったように恋愛感情でしょ、普通は…」

「でも、あいつは俺のこと嫌ってますよ?」

少しおいて隣に座った篠口は、薄く笑う。

「それ、神宮寺君本人の口から聞いたの?」

「いえ、そういうわけじゃないですけど、普段の態度から考えると…」

「僕は、別に神宮寺君が遠藤君を嫌ってるようには思えないけど。むしろ、普段から相当意識してるように思うよ。気づかない?」

「まさか、神宮寺がですか?」

どうして宮津にまでモテ男《お》といわれるほど女に不自由のない男が…と、遠藤は笑いに取り紛らわせようとする。

「神宮寺君は、ああ見えてけっこう恋愛方面には不器用なタイプだと思うよ」

「いや、普通に遊びまくってるらしいですよ。寄ってくる女、片っ端から食ってるって」

「狡《ずる》い言い方かもしれないけど、遊ぶのと恋愛とはまた別でしょ?」

遠藤はとっさに考え込む。そうかもしれないし、そうでないかもしれない。

第一、今日日、恋愛といえるほど本気の恋愛というのは、世間一般にもそうそうお目にかからないような気がする。

仲のいい先輩の宮津にもからかわれたが、遠藤は見た目のよさに比例するほど、異性とつきあった経験はない。つきあってもさほど長続きしたことがないので、そう深い関係にも至らない。そんな遠藤を引き合いにしてみても、確かに『恋愛』よりも『つきあう』というのはもっと感覚的に軽い。

また、結婚と恋愛も、本来、イコールであることが幸せなのだろうが、世間一般ではまた少し定義が違う。

「乱暴な話だけど、セックスだけ、結婚だけに限れば、相手を選ばない、あるいはお金を積んだりすれば出来ないわけじゃない。でも、そこに恋愛感情っていうメンタルな部分を伴うのは、簡単なようでいて、本当はかなり難しいことだよ」

遠藤は額に手をあて、考え込む。

篠口の話し方はいつものようにソフトだが、今日に限ってどこか突き放したような響きがあるのは、ナーバスな話題だからか。

それとも、遠藤自身がいつになくナーバスになっているのか。

「すみません、難しくて…、俺にはすぐにわかりません」

「世の中、本当に恋愛をしている人間が何割いると思う？　端からは恵まれているように見えても、恋も知らずに死んでゆく人間はけっこう多いんじゃない？」

「…でも、神宮寺が？」

まさか…、と遠藤は眉を寄せたまま、篠口を見る。

「俺も男ですし、あいつも男です。しかも、あいつは普通に女が抱けて、しかもその女に不自由しないんですよ？」

「じゃあ、何かの嫌がらせだと思った？」

「最初は…」

「今はそうじゃないと思ってるんだよね？」

篠口は淡々とした口調で、それでも的確に追い込んでくる。

「篠口さん…」

まるで調書でも取られているようだと、遠藤は戸惑う。

「遠藤君の裏表のないところはとてもいいと思うけど、人間の一面だけ、見た目だけに捕らわれすぎない方がいいよ。もう少し、相手が無言のうちに発しているメッセージに敏感になった方がいい」

思春期を海外で過ごしたせいか、遠藤はよく空気を読まないと言われる。

海外ではごく普通だったように思ったことをストレートに口にして、相手にもそれを要求すると、いい顔をされない。遠藤としては、はっきりと言うべきことは言って、議論した方がわかりやすいと思うのだが、それは日本ではあまり歓迎されない。

「…俺、普段、そんなに無神経ですか？」

「無神経だとは思わないよ。でも、色恋沙汰は苦手だよね？」

「男女間の恋愛の妙っていう話になると、確かに鈍いと思います」

篠口は困ったように笑う。

「僕が君をどう思ってるかわかる？」

まさかと思うが…、遠藤は視線を泳がせる。

「…もしかして、本当はうっとうしいやつだとか…？」

ひどいな…、と篠口は髪をかき上げる。

「悪く思ってないよ」

「あ、よかった。俺、よく無神経って言われるんで…」

言いかけた遠藤は、篠口の言葉に固まる。

「だから、神宮寺君の気持ちもわからないでもない」

「え…?」

口ごもる遠藤から、篠口は今、口にした言葉など、ほとんど何の意味もないかのように、視線を逸《そ》らして窓の外を見た。

「暗いと思ったら、雨が降ってきたね…」


「神宮寺さん、元気ないっすね」

パチンコ屋などが並ぶ繁華街の一角で田所が案じ声を出すのに、神宮寺はうつむきがちな顔を上げる。

「そうか?」

土曜のオフ日だったが、二人はこの間から引き続き、捜査に備えて土地勘を養うため、主立った繁華街の駅周辺を地道にまわっていた。

普段、利用する駅以外となると、細かい道路や店の並びなどはわからないため、早々に特殊班の捜査に慣れようと、主立った駅周辺を自主的に動いているような状況だった。

基本がオフ日ということもあり、そんなに計画的に動いているわけではないが、街の雰囲気などはわかる。そして、この通りから地域の雰囲気が変わる、どんな住人が住んでいるなどといったことを知っておくのは、捜査において非常に重要だった。

「珍しくないですか？　そんなに暗い顔してるのって」

半袖シャツにジーンズという軽装の神宮寺は、今日、何度目になるかわからない溜息をつく。

「誰かに何か言われました？　この間の一係の刑事《オッサン》とか…」

「いや、それはない」

「じゃあ、誰かに振られた…とか？」

控えめに探りを入れてくる田所に、神宮寺は短くぼそりと洩らす。

「…まだ、振られた方がマシだけどな」

「つか、神宮寺さん、振られるほど真面目に誰かとつきあってないですよね。相当に遊んでますけど」

神宮寺の深刻さを知らない田所が能天気な茶々を入れるのを、横目に睨んだ。

「…だいたいお前が、俺のことを遊びだけで簡単に寝る、下半身無節操男みたいに言うから、こんなことになってんだろ」

半ば八つ当たり気味に低く吐き捨てる神宮寺を、田所は控えめながらも非難じみた目で見る。

「…でも、神宮寺さん、いっとき、本当に節操なかったっしょ？」

神宮寺は田所の胸許を無言で引きつかむ。

確かに節操がなかったのは本当だが…、というより遠藤相手のまったく実りそうもない欲求の憂《う》さ晴らしや、SITとSATで一年ほど離れていたことなどもあって、寝るのだったら何でもいいというような捨て鉢な感覚でいたのは確かだ。

硬派に整った見てくれのよさに寄ってくる相手はそれなりに多く、来るもの拒まず、去る者は追わずでいた。どうもその話も、面白半分で必要以上に誇張されて広まっているらしい。

別にそれ自体は痛くも痒《かゆ》くもないが、しかし、それを遠藤の前でバラされるのはまた別だ。

「…お前、今度、遠藤さんの前でそれ言ったら、承知しないぞ」

「え？　遠藤さん？　…はぁ」

普段の遠藤の神宮寺に対する邪険な態度を知っている田所は、わかったようなわからないような顔となる。

神宮寺はただひたすらに、深い溜息をついた。

「…お前、今日、遠藤さんに会った？」

「会ったも何も、朝、食堂で一緒でしたよ」

携帯の地図を眺めながら、田所は答える。

「なんか元気ないっていうのか…、いや、元気ないっていうより、冴《さ》えない感じでした」

ん？　冴えない？　キレがない？　…などと、田所は自分の表現がいまいちピンとこないのか、何度か首をひねる。

神宮寺は遠藤に衝動的にキスをした挙げ句に、胸許を肘で突き飛ばされたことを思い、頭を抱えこみたくなる。あのあとの地にもぐり込みたくなる思いは、生まれてこの方経験したことがないほどにひどいものだった。

いくらなんでも、あれはない。昨日の晩の自分を、本気でどうにかしてやりたい。

「あ、でも、今日、篠口さんのところに行くって言ってましたよ」

「篠口さん？」

神宮寺は、遠藤と慇懃な物腰柔らかな男を思い出す。何かされたというわけではないが、なんとなく神宮寺自身は合わない男だ。接点がないので、いまだに部内でもほとんど話をせずにいる。

「ええ、今日、よかったら一緒にって誘ったんですけど、篠口さんの部屋に遊びに行くからって断られました。飯美味いらしいですよ」

「飯？」

「ええ、篠口さん、作る人らしくて。かなり本格的らしいです」

「遠藤さん、飯に弱いじゃないか」

「まあ、食い物には弱い人ですよね。美味いもん食ってりゃ、機嫌いいし」

神宮寺はこの間、その食事でさえ、誘って断られた自分を思い返し、地にめり込みそうになる。

「…えーと、なんか面白くないこととかあったなら、飲み、つきあいますよ」

アニメキャラがデカデカと描《か》かれたパチンコ屋の特大ポスターに手をつき、無言で肩を落とす神宮寺に、田所は気遣わしげに声をかけてくる。

ナメクジのような気分になったところで、神宮寺の携帯が鳴った。

宮津からだった。

「はい、神宮寺です」

『休みのところ、アンラッキーだな。召集かかったぞ』

いつものようにどこか人を喰ったような声が、さほど緊迫感もなく言う。宮津は私服でそのまま登庁するように言うと、電話を切った。

「召集だ」

「何ですか？」

「連れ去りらしい」

「連れ去り？」

「練馬《ねりま》区の路上で、中年男性が複数の男に車に押し込まれたのが目撃されたって話だ。とりあえず、出ろって」

「刑事部って、ＳＡＴの時みたいに仕事後の自主的っていう名の強制走り込みがないのは楽ですけど、事件が起きたら土日も簡単に飛びますね」

田所はぼやいた。

Ⅱ

神宮寺と田所が特殊犯捜査第二係の部屋に入ってゆくと、すでに刑事の半分ほどが出てきていた。係長である大柄な生方は席を外しているらしく、椅子の背に上着が掛かってはいたが、部屋の中に姿はなかった。

篠口と遠藤の姿もある。二人とも私服のままで、遠藤はいつもとは異なり、一瞬、神宮寺を見たあと、やがて何とも微妙な間を置いて、伏せるようにすっと視線を逸らした。

そうされてみて初めて、神宮寺は自分が遠藤に対してどんな顔を見せればいいかの覚悟も定まらずにいたことに気づく。軽い自己嫌悪に陥りかけたところを、宮津が控えめに招いた。

「おう、来たなー」

「連れ去りって、まだ事件じゃないってことですか？」

「身なりのいいスーツ姿の中年男性ってことらしい。どこかの偉いさんじゃないかってことで、今、身許確認中」

「身代金誘拐…ってことですか？」

「まぁね。オッサンの場合、可愛いからってさらったんじゃないだろ。ただの拉致《らち》って線もあるかもしれんがな…」

一応、スーツで出てきた宮津はネクタイの襟許をゆるめながら言った。

誘拐と拉致はよく似たニュアンスだが、微妙に中身が違う。拉致は自由を奪って力尽くで連れ去る誘拐の一種だが、直ちに身代金要求を行わない場合や、暴行や殺害、長期監禁などを目的とすることが多い。怨恨《えんこん》絡みで行われる私刑《リンチ》なども、これに含まれる。

「生方係長が、今、羽島管理官に呼ばれて行ってる」

「管理官も出てきてるんですか？」

「一報聞いて、すぐに来てるだろ。何もなかったら帰りゃいいんだし。…でも、あの人が出てくるってことは、事件性がありそうって判断されたんじゃないかなぁ。下手すりゃ、明日もなくなっちゃうかもよ」

あーあ…、などと、宮津は管理官に聞かれれば大目玉を食らいそうなことを言う。

「とりあえず、上で話まとまるまでは待機かな。うまくすれば今日は帰れるだろうけど…、どっちにしろ、人ひとり連れ去られたなら、立派に事件だからな。まーぁ、普通は捜査だな」

そう言うと、宮津は斜め向かいに座る遠藤を振り返る。

「何だ、腹でも下してんのか？　今日はパッとしないな」

「いや、そんなこともないんですけど」

心なしか、答える遠藤の声にもキレがない。

「篠口さんの飯、美味かったですか？」

横から田所が呑気《のんき》な声を出す。

「ああ、シーフードパスタ。美味かったよ」

美味いものを食べたあとには必ず上機嫌となる遠藤としては、ずいぶん冴えない返事だった。

「シーフードパスタって、あの人作んのか？」

宮津は声をひそめて尋ねた。その目がちらりと、向こうの島にいる篠口の方へと走る。

「けっこう玄人顔負けの腕ですよ」

それに釣られてか、遠藤も声を落として答えている。

「ますます結婚詐欺師みたいじゃねぇか？　なぁ？　人間、美味いもん食わされれば気もゆるむもんな。遠藤みたいに食い気しかないような奴なんて、イチコロだって」

にやつく宮津に同意を求められても、何とも答えようがない。遠藤の餌付《えづ》けに成功しているだけ、篠口の方が自分よりも確かに有利だ。

そうこうしているうちに、羽島管理官と共に生方が入ってくる。それだけで第二係の部屋の空気はぴんと張りつめたものになる。強面《こわもて》の刑事らが、いっせいに押し黙って二人の方を眺めた。神宮寺と田所も、急いで席に戻る。

管理官の羽島は、この特殊犯捜査第二係と第一係をとりまとめ、有事の際には直接に現場と幹部との調整を図る専任管理官だった。

見た目は眼鏡をかけていること以外には、これといった特徴のない中肉中背の管理職だが、非常に優秀で切れる人材だと聞いている。ただ、神宮寺自身は遠目に数度見かけただけで、まだほとんど面識もなかった。

「注目！」

生方の机の横に共に並び立った羽島は、片手を上げた。見かけ以上に甲高い声で、よく通る。

縦横に羽島の倍近くあるように見える生方は、その横で後ろのホワイトボードを手前まで引き、手にしていた地図の拡大コピーを磁石で貼《は》りつけた。事件の場所が、赤いマーカーで丸く記されている。

「本日午前十時二十分、練馬区路上で男性の連れ去り事件発生。連れ去られたのは中肉中背でスーツ姿の身なりのいい五、六十代の男性。犯行は三人の三、四十代の男らによるもので、目撃、及び通報者は、T市市会議員豊原彬《とよはらあきら》氏の運転手をしている町田治《まちだおさむ》氏」

神宮寺は手帳にペンを走らせた。同様に、全員が手帳に羽島の話す内容を書き込むペンの音が室内に響く。今時、驚くほどにアナログな方法だが、基本的に刑事はすべてこうして必要と思われることはメモを取る。

「町田氏は豊原議員を待つ間、小用のために車を離れて戻るところで、その路上での連れ去りを目撃したとのこと。連れ去りに使用された車は白のバン。男性は抵抗を見せたが、口を塞《ふさ》がれ、何かを用《もち》いて意識不明にされた状態で、車に連れ込まれたらしい」

聞くところ、かなり計画的、かつ暴力的な連れ去り事件だった。なるほど、事件性があるとして早々に収集がかけられるわけだと、神宮寺は思う。

「気に掛かるのは」

羽島はここでぐるりと、特殊犯の面々を眺め回した。

「通報者の町田氏によると、連れ去られた男性は豊原氏に背格好や雰囲気が似ているということ。町田氏は最初、豊原氏にどことなく感じが似ていると思って、連れ去られた男性を見ていたらしい」

部屋の空気が、微妙に変わる。

「豊原議員は問題ないんですか？」

尋ねたのは、谷崎だった。

「それは問題ない。他の議員との勉強会に出席中で、連れ去りの後、無事に連絡も取れている」

管理官は頷き、言葉を続けた。

「現在、町田氏の証言をもとに、連れ去られた男性の似顔絵を作成中。同時に周辺で連れ去られた中年男性に該当者がいないかどうか、現在、所轄署にて捜査中。第二報が入るまで、今日はこのまま待機するように」

張りつめた雰囲気の中、羽島は生方を振り返るとひとつ頷き、つかつかと部屋を出て行く。

待機ということは、早々に犯人側から何か接触があると考えているのだろう。

「すぐに似顔絵がファックスされてくる。しばらく、このまま待機」

次いで生方が低く声を投げて十分と経たぬうちに、室内のファックスが似顔絵を吐き出した。生方に命じられて、部内最年少の田所がファックスをコピーして配る。

眼鏡をかけた、頭部の薄めの年配の男性だった。どっしりと座った鼻のあたりが特徴的といえば特徴的だが、こればかりでは今のところ何とも言えない。

「神宮寺」

「はい」

生方に招かれて、神宮寺は席を立つ。

「事件現場周辺の地図を、もう少し範囲を広げてさらにコピー。会議室の壁に貼りだしておいてくれ」

「了解しました」

田所に次いで、部内では二番目に若い神宮寺にまわってくるのは、今のところ雑事だ。最新地図を総務から借り受けるために立ち上がった神宮寺は、ふと視線を感じて振り返る。

ある程度予感はしたが、ファイル越しに自分を見ていたのは遠藤だった。

これまでのように視線を逸らされることもなく、まっすぐ視線を受けとめられる。

どんな表情を作っていいのかもわからないままに戸惑いながらも遠藤を見返すと、遠藤は手にしていたペンの尻《しり》を唇にあて、何とも微妙な表情を見せた。

いつものように挑むような目つきとも違う、神宮寺を黙って観察しているような目だった。

いかにも勝ち気な遠藤らしい、印象的で綺麗な目。

あんな真似をして、嫌悪感丸出しにされるよりもましなのだろうかと思いながら、神宮寺はそんな遠藤にごくかすかに会釈だけして、部屋を出た。


夜七時前近くとなり、次の動きがないまま、遠藤は第二係の紅一点でもある竹中《たけなか》が、生方に帰宅の挨拶をして先に部屋を出てゆくのを見た。

声が若く、腹が据わっていて機転の利く竹中は、誘拐犯とのやりとりで母親役などを装う女性刑事として重宝されている。しかし、中学生、高校生の二人の息子を持つため、とりあえずは動きがない今は、先に家に帰るのだろう。

それと入れ違いで羽島管理官が入ってくると、生方としばらく何か話している。いくらかやりとりしたあと、管理官が出てゆき、生方が声をかけてきた。

「遠藤、神宮寺」

「はい」

立ち上がって机をまわりこんでゆくと、隣に神宮寺がやってきて、半歩ほど置いて遠藤と並んで立った。まっすぐに生方の方を向いているが、かなり遠藤を意識して立っていることは感覚的にわかる。

背の高い男だ。肩まわりがしっかりとして体格もいいので、横に並んで立たれると縦横に大きい生方とはまた違う存在感がある。

遠藤にとっては何とも対応に困る今日の篠口の指摘もあって、ばつの悪さと息苦しさから、神宮寺とは反対の方向へと視線を逸らす。

「今日のところは続報待ちだ。二人、ここに残って待機できるか？　続報が入ったら、至急召集をかけろ」

「了解しました」

遠藤の返事とほぼ同時に、神宮寺はまったく同じ返事を返す。

ＳＡＴ時に画一的に叩き込まれた返答で、束の間、ＳＡＴ時の今以上に統制された厳しい縦型組織の感覚が蘇《よみがえ》る。

隣の男は気に入らなかったが、制圧班のリーダーとしては非常に優秀だった。遠藤がＳＡＴにいた時には、ＳＡＴそのものが出動するほどの事件はなかったから、実際に動員されたのは要人への警護などだったが、指示を下す遠藤に無線越しに低く端的に応えてきた声の明瞭《めいりょう》さ、安定感は今もはっきり覚えている。

遠藤自身は指揮班の経験があっても、制圧班のリーダーは勤めたことがない。それだけのリーダー性、適性の必要な立場だった。忌々しい相手だったが、信用できない、頼りにならないと思ったことはない。むしろ、任務中はこの男に任せておけばまず間違いはなく、そういった意味では信用していた。

何を血迷って…、とやはり思う。

ヤリチン男などと吐き捨てたことはあるが、やはり基本的にはこの男を好ましくないと思う異性がいるようには考えられない。来る者拒まず、去る者は追わずでも許されるだけのものを持っている。

嫌いな相手にキスするような人間はいないと篠口は言った。

自分が好かれているというのか、この男に…？

「遠藤」

気を散らしかけたところに、生方の掠《かす》れた重量感のある声がかかる。

「はいっ」

「大丈夫か、今日、何か予定でもあるか？」

「いえ、大丈夫です」

生方は鋭い目のまま、頷く。

かつては警視庁柔道代表を務めたこともある、どっしりした身体つきの上司だが、細やかな気遣いもあり、遠藤自身は尊敬しているし、二係の刑事らの信頼も篤い。人質立てこもり事件などとなると、実際に実弾や刃物を持った相手への突入も行われる危険と隣り合わせの職場であるため、生方のように尊敬できる上司の下で働けるのは幸運だった。

「というわけで、今日は遠藤と神宮寺を残して自宅待機とする。解散！」

生方の口ぶりだと、やはり羽島同様、早々に犯人からの接触があると考えているらしい。

「じゃあ、とりあえずお疲れさんってことで。悪いな、お先に」

宮津が手を上げて席を立つ。部屋の出口で平と行きあい、二人で何か話しこみながら廊下へと出て行った。

「すみません、お先に失礼します」

「おう、お疲れさん」

田所が申し訳なさそうに頭を下げるのに、遠藤は片手を上げる。

「何か買ってきましょうか？」

「いや、適当にロッカーに入れてるカップ麺《めん》か何か食べるから、大丈夫だ。お前こそ、せっかくのオフ日がポシャッてるんだ、しっかり休んどけ」

「はい、ありがとうございます」

答えて田所は、部屋を出て行く。

「お先」

声をかけられて振り向くと、篠口だった。

「何か差し入れようか？」

「いえ、大丈夫です。篠口さんも、今日はゆっくりしてて下さい。また、すぐに呼び戻されるかもしれないですけど」

答えると、篠口はわずかに視線を神宮寺の机の方へ動かし、尋ねた。

「彼の方は大丈夫？」

「ああ、多分…、もう俺もそんなに油断しないんで…」

真顔となった篠口に少し圧《お》されて、遠藤は口ごもる。

いつも柔らかな笑みを浮かべている男なので、勝手に優男なのだとばかり思っていたが、実のところ、普段笑わない男よりも芯《しん》では怖ろしいのかもしれない。

「相手の同意を得ない肉体的接触は、十分にセクハラになる。これは同性同士でも一緒だから」

篠口は表情薄いままで、淡々と言う。そこまで問題化するつもりもないのだと安易に言えない雰囲気に、はぁ…、と遠藤は頷いた。

嫌悪より、むしろ驚き、何を考えているのかと呆れただけで、セクハラだなどと言い出せば、神宮寺との関係は二度と修復不可能になる。苦手な男だったが…、むしろ、何かと気にくわない相手だったが、何もかもを粉々に壊したいわけではないという戸惑いも生まれる。

「まぁ、何かあったら携帯にでも連絡して。でも、遠藤君が本気になったら、そんな心配ないかな」

遠藤の戸惑いを見て取ったのか、篠口はいつものようにソフトな表情に戻ると、お先に…、と部屋を出て行った。

遠藤は神宮寺と二人きりとなった部屋で、小さく溜息をつく。二人だけとなってしまうと、妙に息苦しい。

やはり、田所に弁当でも頼んでおけばよかった…、そんなことを考えているうち、島の向こうで神宮寺が立ち上がった。

男は遠藤の方へうつむきがちにやってくると、口を開いた。

「あの…」

今日は昨日のような不覚を取るまいと、遠藤は事務椅子に腰掛けたまま身構え、上目遣いに神宮寺を見る。

遠藤の警戒には気づいているのだろう。神宮寺は両手を後ろに組んだまま、足も肩幅に開き、すぐには攻撃態勢に移れない休めの姿勢のまま、遠藤から半歩おいて立った。

「…飯食いませんか？」

遠藤は少々拍子抜けした。

「…お前さ、他に何か俺に言うことないのかよ」

「…すみませんでした、昨日は…」

神宮寺は眉を寄せ、目を伏せがちに言った。

「失礼な真似をして…」

失礼かと言われると、また少し違うと思ったが、とりあえず神宮寺に申し訳ないという気はあるらしい。

比較的単純に出来ている遠藤は、正面きって謝られてしまうとそれ以上相手を責めることが出来ない。それに篠口に言われた、相手が無言のうちに発しているメッセージにも気づいた方がいいという言葉も引っかかっている。

確かに自分は、こういった色恋沙汰には鈍い。鈍い上に、宮津にも言われたようにおそらくデリカシーも欠いている。しかし、デリカシーは欠いているかもしれないが、それで誰かを傷つけて平気なわけでもない。

「失礼なって…、別に失礼だと思ってやったわけじゃないんだろ？」

「それはそうですけど、その気もない相手にしかけていいものでもないです」

「まぁ、それはそうだよな」

ずいぶんまいっているらしき神宮寺の四角四面の返事に、遠藤は小さく笑う。

そうすると、相互理解はとにかく、遠藤の中のこれまでのわだかまりみたいなものは少し消える。

「気に障ったら悪いんだけどさ、お前、バイセクシャルとかゲイってやつなの？」

そんな人間は、海外生活では実際に出会わなかったわけではない。

ただ、そういう性的嗜好《しこう》はオープンにしている人間でない限り、なかなかわからないものだった。

今日、篠口が口にした言葉の意味も、正直微妙だ。完璧すぎて隙のない先輩であることは確かだが、今の遠藤には篠口とのことまで考える余裕はない。

「…かもしれませんが、普通だったら女のほうがいいし、遠藤さん以外の男をどうこうって思ったことはないです。だから、ゲイっていうのとは違うと思います」

「だよね…っていうか、俺はどうこうされる対象なわけ？」

神宮寺の返事は返らない。

返らないかわりに、神宮寺は困惑しきったような顔でセットした髪をかき上げる。

遠藤は落ち着かない気分で、むやみに組んだ脚の先を揺らした。これは多分、自分の質問自体が不《ま》味《ず》かったのだろう。

「とりあえず、腹が減ったら何とやらだから、飯買ってきてよ」

神宮寺はほっとしたような顔を見せる。もともとあまり表情が大きく動く男ではないが、神宮寺なりにかなり緊張した状態で遠藤に声をかけに来たらしい。

まだSATの訓練時の方が神宮寺には落ち着きもあったし、迷いなどなかったことを思うと、少し笑える。恋愛面に関しては、神宮寺は意外に不器用そうだと言った篠口の指摘は、間違っていないのかもしれない。

「何か食いたいもの、ありますか？」

「いや、別に適当でいい。あんまり濃いものは、今日はパスかな」

「わかりました」

神宮寺は、昨日部屋に入れた時に感じた、訓練士にほめられた大型の警察犬のように嬉しそうな表情で部屋を出てゆく。

この間、食事に誘われた時は何の冗談かと思ったが、この様子なら本気で一緒に食事をしたいと思っていたのかもしれない。

いや、待て待て、そこでほだされてどうする…などと、基本、美味い食事に弱い遠藤は、机に手をついたまま考える。正直、女の子からも不意打ちのキスなどされたことはない。昨日、あまりに驚いたせいで、思考が麻痺《まひ》してしまっているのかもしれない。

十分後に戻ってきた神宮寺は、コンビニの袋を下げていた。公官庁街なので、周囲で弁当を買うとなるとコンビニとなってしまうが、それでも神宮寺は鰻飯《うなぎめし》にデリタイプのスープ、十八品目のサラダなどとかなり上のランクの弁当を買ってきていた。

「えーと…、いくら？」

飯に弱い自分の習性を見透かされているのだろうかと思いながら、遠藤は尋ねる。

「お代はいいです。この間、飯奢るって言ったのは本当ですし。それがコンビニ弁当なのは、どうかと思いますが…」

神宮寺はややバツの悪そうな顔をしながらも、遠藤の前に箸を置く。

「あー…、じゃあ、ご馳走になっとこうかな…」

ここはきっぱり割り勘で借りを作らずにおくべきなのかもしれないが、一歩踏みいられてしまったようで、なんとも断りづらいと、遠藤は鰻飯に手を伸ばした。

「お前さ、俺のこと嫌ってると思ってたわ」

甘辛いタレのかかった鰻に箸をつけながら、遠藤は呟く。

「えっと…、あのグランド走ってた時のことですか？」

風俗に行った時の話を面白おかしく風呂場で吹聴《ふいちょう》していたのを上司に聞かれ、グランドを二十周も走らされた話は、周囲にはソープランド事件とまで言われ、いたるところに広まっている。

「そう、あれ」

目の前の長身の男が、自分のほうをちらちら見ながら笑っていたことは、今も忘れていない。走りながらすれ違う時に、妙に鮮明に話し声が聞こえて、何か嫌な雰囲気だなと思っていた。

信じられないな…、という言葉が聞こえてきた時には、先に上司に大目玉を食らっていたこともあって、カチーンと来た。

「こういう言い訳はかっこ悪いと思うんですが、遠藤さんを笑ったわけじゃないです」

遠藤の隣の机の椅子を引き出して座った神宮寺は、柄にもなく口許を押さえ、口ごもる。

「気を引きたかった…」

「気って…」

おい、と遠藤はそんな神宮寺をしげしげと眺めた。このイケメンのモテ男が、なぜにそんな真似をしなければならないのか。

「気になる人がいたから、ずっと気を引きたかった…。中学生みたいな理由です」

「…俺の？」

遠藤がまじまじと神宮寺を見ると、目の前の男はみるみる真っ赤になる。

「いや…っていうか、何でまた、俺を…」

言っちゃ何だが、宮津の言葉通り、顔立ちのわりにはあまりモテるタイプではない。もともと神宮寺のような頼りがいのある男前というよりは、キツい女顔だし、相手を理詰めにしようとする話し方も敬遠される。デリカシーもないらしいし、何より神宮寺に好かれるようなことをした記憶がない。

「俺、遠藤さんに昔、会ってます」

「会ってる…？」

遠藤は眉を寄せる。

「昔って、いつよ」

誕生日は確かに半月しか違わないが、早生まれの遠藤と四月生まれの神宮寺とでは学年が違うから、警察学校でも同期ではない。

「病院で…、大学の時です」

「病院？」

「うちの母親がK大附属病院に入ってたんで…」

「あーあ、あの時の…」

答えかけて、遠藤は口をつぐむ。

あの事故から母親が死ぬまでの日々は、十年ほど経った今でも思い返したくない。思い返したくないというより、むしろ衝撃が強すぎて、記憶もごっそり抜け落ちている。実際に細々としたことを忘れたわけではなく、頭が思い返すことを拒否しているような感覚だった。

強く記憶に残っているのは、何を食べても味がしなかったこと。味がしないものを、食事だけでも取らなければと、無理に口に押し込んでいたことだった。

別にそこで食べたものを吐くほど、繊細だったわけではない。ただ、味がしないのはどこかが麻痺、あるいは鈍化しているのだろうなと思いながら、毎日を生きていた。

テロ事件の被害者家族であることを隠しているわけではないが、あの頃の自分を見ていた人間が目の前にいるというのは、不思議な気分だった。

「よーう、お疲れ、お疲れ！　呼ばれてないのに、ジャジャジャジャーン！」

ふいに部屋の入り口で明るい声が上がり、田所を伴った宮津が意気揚々と入ってくる。

「何ですか？」

「何ですかって、お前。お前ら二人、ギスギスしてるんじゃないかと、こうしてわざわざ差し入れつきで戻ってきてやったんじゃねぇか」

「宮津さん、退屈だから、行ってからかってやろうって言ってたじゃないですか」

デパートの大きな紙袋をいくつも下げた田所がぼやくのを、宮津はぺちぺちとその頬をたたく。

「田所君、本音と建て前を使い分けられるようにならないと、出世しないよ」

「宮津さんは、建前の裏に本音が透け過ぎなんです」

鼻歌混じりに田所に下げさせたデパートの紙袋を開け、豚の角煮だの鶏の唐揚げだののプラBOXを取り出す宮津に、遠藤は紙袋の中身をチェックしながら言う。

「俺達、もう晩飯食ったんですけど」

「ああ？」

宮津は角張った厳《いか》つい顔で、眉を上げる。

「おいおい。デパ地下よ？　デパ地下のデリよ？　しかも、お前の好きな中華よ？　それをわざわざこうして食後のスイーツまで下げて買ってきて差し上げたのよ。わざわざ、俺が」

「下げてきたの、俺ですけど」

田所は控えめに呟く。

「まぁ、別に食わなくてもいいけどさぁ、割り勘よ」

ほれほれ、と宮津はココナッツ団子だの、胡麻《ゴマ》団子だのの中華スイーツを取り出す。

「食わなくても割り勘って、マジ？」

遠藤は眉を寄せた。

「マジ。だって、警察官なんて公務員って言っても、薄給だもん」

「つか、宮津さん、買いすぎ。食う量考えてくださいよ」

「お前なんか、細い身体で毎回牛みたいに食ってるくせに、何言ってんだよ。とりあえず、勘定は割り勘ね」

「そこは先輩としての甲斐性《かいしょう》を見せて、ババンと。ここは俺が奢ってやらぁな、みたいな男意気を見せときましょうよ」

遠藤は宮津と笑顔で睨み合う。

「先輩でも、別にお前らとたいして給料変わんないもん。そんな甲斐性、俺はいりません」

「せこっ！　篠口さんだったら、絶対に奢ってくれますよ」

「じゃあ、篠口さんのところの子供になりなさいよっ。この口かっ、そんな生意気言うのはぁ」

こーらー、と宮津は遠藤の両頬を太い指でつねり上げる。

「痛い、痛い、痛い…、やめてくださいよ、俺の唯一の取り柄の顔にっ」

遠藤はつねられた両頬を押さえて、後じさる。

警察内部は、強烈なまでの縦社会だった。たとえ多少理不尽でも、先輩に逆らうこと自体が許されていない。宮津のように、こんな憎まれ口を許すこと自体が、かなり後輩に甘いともいえる。

「つか、お前だったらまだ食えるだろー。鰻だぁ？　いいもん食ってんじゃないか」

「それは俺が…」

ほぼ実力行使の肉弾戦となる宮津との絡みをどう思ったのか、神宮寺がやんわり割って入る。

「あれ？　神宮寺が買いに行ったの？　遠藤にパシリにされた？」

「年功序列で、神宮寺が行って不思議はないと思うんですけど」

どうあっても神宮寺との仲を混ぜっ返したいらしい宮津に、遠藤は辟易《へきえき》した顔を作ってみせる。

「そうだ、お前ら、前に言ってたコンパ、忘れんなよ。大田署《おおた》の奴に強く強く言ってあるから」

後輩を目一杯有効活用する、非常に身勝手な合コンをセッティングする気満々の宮津に、遠藤は呆れ顔となる。

「っていうか、今から身代金要求されそうだっていうのに、何言ってんですか。合コン、セッティングしたって、犯人からの電話一本で話流れますよ」

「そんな犯人は許せんっ！　断じて、許せんっ！　そんな悪の輩《やから》から地球の平和を守るために、俺達、特殊犯捜査係は存在するっ！」

いつも陽気な宮津が、機動隊上がりのマッチョに固太りな身体で、特撮ヒーローのようなポーズを取ってみせるのに、遠藤は冷ややかな目を向ける。

「宮津さん、その異様なテンション落とさないと、コンパで滑りますよ」

「いつも警察オタクな熱弁をふるって、女の子をどん引きさせるお前が言うな」

「俺、今回呼ばれてませんから、どん引きさせることもないんです」

「拗《す》ねるなよ。俺が次の合コンで見事彼女をゲットしたあかつきには、お友達コンパにお前も呼んでやるから」

はいはい…、と軽く受け流しながら、中華弁当を指先でつまんでいると、電話が鳴った。

それまでの賑《にぎ》やかなやりとりが一変して、宮津が真顔となる。

宮津に目で促され、遠藤は受話器を取った。

「特殊犯捜査第二係です」

「練馬署刑事部の風見《かざみ》です」

中年の男の声が名乗る。

「お疲れ様です」

「えっと、今、T警察から連絡があったんですが、市会議員の豊原彬さんの自宅から電話がありまして…」

電話の向こうの風見という中年刑事は、少し歯切れ悪く言う。

市会議員の豊原彬といえば、今日、練馬で拉致された男性を目撃したのが、その豊原の運転手だった。最初、拉致された男性が少し豊原と似た感じだと思ったという。羽島管理官が引っかかったのも、その線だろう。

遠藤は横で電話のやりとりを聞いている宮津と目を合わせ、電話のスピーカーボタンを押す。以降、風見刑事の声が電話のスピーカー部分から流れ出した。

「議員を預かったと…、命が惜しければ、三億用意しろという電話が家にあったそうです」

「議員の家にですか?」

「はい。でも、議員は在宅中でして、家人が議員は在宅していると答えると、電話は一方的に切られたそうです。今日、運転手の町田さんが目撃した連れ去り事件もあって、何か非常に悪質な悪戯じゃないかということで、T警察に連絡があったそうです」

「誰か別の相手を、議員と誤認して誘拐したということですか?」

「それはわかりません。ただ、その要求電話があったのが夕方五時頃。豊原氏の家から警察に連絡のあったのが六時前で、さらにT警察からうちに連絡が来たのがついさっき。どうも、T市ではここ最近、何人かの市会議員に似たような悪戯電話があったらしく、T警察では今回のも単に議員に対する悪戯目的の電話だろうと、しばらくまともに取り合っていなかったようで…、うちに照会があったのが、ついさっきのことです」

「ああ…」

マズいですねという言葉を、遠藤は喉の奥に呑み込む。

所轄署の縦割りの弊害が、もろに出ている。まだ、まったく表には公表されていない事件だ。悪戯も何も、連れ去り犯以外には知るよしもない。

それとも、まだ数時間遅れでも、照会してきただけマシなのだろうか。

「今日、連れ去られた男性については？」

「それは、まだ判明してないです」

「了解しました。係長に伝えます。引き続き、何かあったら連絡願います」

「了解」

中年刑事は電話を切る。

「なんか、面倒なことになりそうだな。なんで端から悪戯だなんて、決めつけたかね」

わっちゃー…、と宮津が顎を撫でる。

「生方係長に連絡入れます」

遠藤は取った電話で、そのまま生方の携帯にかける。

「今のままでは、まだ何ともならんな…」

携帯の向こうで、話を聞いた生方は答えた。確かに身代金要求のあった議員は無事で、身許も知れない男性がひとり、男らによって連れ去られたというだけだ。

「とりあえず、羽島管理官には俺から連絡する。引き続き、何かあれば報告してくれ」

了解…、と遠藤は電話を切る。

「どうするかね、これだけ食って、寮に仮眠に戻るか。ちょっとでも寝といた方が、あとが楽だからな…」

宮津は田所と共に、買ってきた弁当の残りを急いで片付け始める。

「連れ去られた男の人の家族、今頃心配してるでしょうね」

妙に味気なく思えるココナッツ団子を口に運ぶ遠藤の横で、田所がまさに遠藤が思っていたとおりのことを口にする。

「いい年の男でも誘拐されるっていうんだから、物騒になってきたわなぁ」

宮津もペットボトルのお茶を呷りながら、呟いた。

あらかた食べ終わり、包みなどをビニール袋に突っ込んでいるところで、再度、電話が鳴る。

田所が受話器を取ると同時に、スピーカーボタンを押した。

「練馬署刑事部の風見です」

さっきと同じ男が名乗る。

「秋和《あきわ》電機専務の中谷幸信《なかたにゆきのぶ》さん、五十三歳のご家族から、中谷さんと連絡がつかず、家にも帰ってこないと問い合わせがありました」

一瞬にして緊迫した雰囲気となり、全員が目を見交わす。

「身体的特徴が連れ去られた男性と一致、連れ去り現場近くに中谷さん所有の車も発見されました。今、捜査員がご家族の元に似顔絵をもって確認に向かってます」

「了解しました」

「確認次第、また報告します」

田所が電話を置くのを見届け、宮津は口を開いた。

「至急、係長と管理官に連絡入れろ」

「はい！」


十二時前、帰宅していた特殊犯第二係の面々が、慌ただしく部屋に戻ってくる。

逆探知などの特殊技術を担当する正岡《まさおか》も、機材をもって駆けつけてきていた。

「神宮寺、田所、手伝え！」

名を呼ばれ、機材設置のために二人が立ち上がる。

「遠藤さん、すみません」

すれ違い様、声をかけ、神宮寺が腕を伸ばしてきた。

反射的に振り払おうかと思ったが、さっきの神宮寺との会話などが気になって、一瞬、ためらわれた。その間に、神宮寺に手首を取られる。

この男は、口にするより先に、身体が動くタイプなのかもしれない。

「すみません、こんな時に…」

神宮寺は腕をつかんだまま、早口にささやいた。

「ただ、このまま笑って、なかったことにしないで欲しいんです」

真剣な顔に、そんなつもりはないと笑うことが出来なかった。

これまでのように邪険にすること、無視することが出来ないような深く真摯《しんし》な声で男はささやき、

「頼みますから…」

握っていた手首を放すと、すっと身体を離した。

かすかに指先がぶつかり、骨のしっかりした、指の長く大きな神宮寺の手を意識する。

少し前まで、ただ煩わしいばかりだった男の手。

握られた温《ぬく》もりの残る手首を見下ろし、遠藤は思った。

神宮寺にせよ、篠口にせよ、二人の断片的な言葉にはどれほどの重さがあるのかは知らないが、自分が考えていた以上に人の想いは不可解で、はるかに奥が深い…。

Ⅲ

「これが今回、犯人側が電話をかけてきた豊原議員の写真だね」

夜中の十二時過ぎ、明るく蛍光灯に照らされた部屋で、篠口がノートパソコンの画面で豊原彬のHPのプロフィールを共に覗きこみながら言う。

あらためてプロフィールページの豊原の写真を見て、一瞬、遠藤は黙り込む。

豊原議員の写真に、今は亡き父親を思い出したためだった。

——インドネシアのバリのデンパサール国際空港にて、バンコク行きジャカルタ航空機がハイジャック——

十年ほど前、駅の通路でＴＶ中継を流す大型スクリーンの上にその白い速報テロップを見た時、まだ学生だった遠藤は大学の帰りに大型書店に向かっている途中だった。

インドネシア…、今、両親が滞在している国はインドネシアではなかったか…、文字を見た時、かすかな不安が頭をよぎったことは覚えている。

白い紙の上に、ぽつんと一点の黒い染みを見つけた時のようなネガティブな感覚だった。

商社勤めの父親は日本と海外とを頻繁に行き来していて、しかも一度出発すると何カ国もまわってくることがほとんどだった。そのため、最近はあまりはっきりと滞在国まで聞く習慣がない。

役職がつき、社の役員として海外でも取引や挨拶をするようになった父親は、母親を伴って赴くことが多かった。海外では重要なパーティーやセレモニーなどには夫婦揃って赴くことが日常的な慣習としてあるので、その日も母親と共に二週間ほど東南アジア方面に滞在しているという程度にしか認識していなかった。

嫌なニュースだなと思ったが、まさかという思いもあった。

ハイジャック自体が、そう頻繁に起こる事件でもない。航空事件や航空事故に巻き込まれる確率など、そうそうないものだと、子供の頃、飛行機に乗る前に父親が笑った。それよりも、車との交通事故に巻き込まれる確率の方がよほど高いよと。

一応、家に帰ってから、父親のメールアドレスに滞在国の確認と、気をつけて帰るようにとのメールを送ってみよう…、そんなことを思いながら、書店に入ったことは覚えている。

インドネシア政府の説得に応じずにデンパサール国際空港を発《た》ったハイジャック機は、犯人側の要求に従い、フィリピンのマニラ空港に向かった。

乗客名簿に数名の邦人名らしき名前があるとの続報を見たのは帰宅してからのことだったが、詳しいことは現地大使館が確認中とのアナウンサーの解説を、まだ半分は他人事《ひとごと》のように聞いていた。バリからバンコク行きの便とはいえ、東南アジアの便なら日本人の名前が複数あるのも不思議はない。

ただ、あまりいい気分ではなかった。

パソコンを立ち上げ、父に宛《あ》ててメールを送った。

インドネシアでハイジャックがあったみたいだけど、大丈夫？　今、どの国に滞在しているのか、知らせて欲しい――と。

結局は、父親には届くことのなかったメールだった。

マニラ空港に強制着陸した飛行機が誘導路上で爆発炎上、乗客名簿にエンドウ・コウイチ、エンドウ・ヨウコの名前――あのニュースを聞いた時、視界が真っ暗になったのか、真っ白になったのか、今もはっきり思い出せない。

遠藤は乾いた唇を舐め、浅く息をつきながら、髪をかき上げる。

「遠藤君」

篠口に名前を呼ばれ、過去に意識を滑らせていた遠藤は、目の前の画面へと意識を戻す。

あらためて見てみると、そう父親には似ていない。面長で理の勝《まさ》った雰囲気はどことなく似ているが、とっさに父親を思い出したのは、生きていればこれぐらいの歳になっているだろうという主観的なものだろう。

第一、父親を失ってからもう十年も経つ。記憶の中にある父親が十年ほど歳を取った顔など、今となっては遠藤にもわからない。せいぜい、生きていればこんな風に歳を取ったのではないかと想像する程度だ。

むしろ、この豊原議員には、今回誘拐された中谷幸信の方が顔立ちや体格などで、よく似たところが多い。

中谷はさる中小企業の専務だが、この不景気のあおりを受けて、会社自体は青息吐息。中谷は金策に走りまわる日々らしい。昨日も銀行に相談という名目の融資依頼のアポを取っていた。銀行側からは、アポの時間に中谷が来なかったと会社に連絡があったという。

もちろん、そんな状況では会社側にも家族側にも、多額の身代金を用意する余裕がないだろう。

まだ中谷本人への怨恨絡みの拉致などが考えられないわけではないが、聞いた限りはかなり真面目で責任感の強い人柄らしい。腰が低く、そう人の恨みを買うようにも思えない、ましてや今の状態の会社や銀行との約束を放り出して失踪《しっそう》することなど考えられないという家族の話だった。

背格好などがよく似ている上、中谷が連れ去られた当日、すぐ近くに車を待機させていた豊原彬宅に、豊原議員を預かったので、三億円用意しろという電話がかかった以上、中谷は誤認誘拐されたのではないかという線が、今のところは濃厚だった。

遠藤はひとつ小さく息をつく。

「篠口さん、この豊原議員の方は、警護はいいんでしょうか？」

「それなんだよね」

篠口は口許に手をあてて考える素振りを見せる。

「もし、誤認による誘拐の可能性があるなら、自分達が拉致したのが豊原議員でない、そしてその相手から身代金も取れそうにないとわかった時点で、犯人側が再び豊原氏の誘拐に乗り出す可能性もないわけじゃない。まぁ、可能性としては実に低いけれどどね。犯人側は、すでに大きなリスクを冒してるわけだから」

ただ…、と篠口は言葉を継いだ。

「普段は人気《ひとけ》がない場所とはいえ、白昼堂々、大の男を数人がかりで強引に拉致するような乱暴な連中だ。集団で、力ずくで犯罪行為をするのが平気な相手っていうことになると、まだ目的がはっきりしない以上はまったく可能性がないわけじゃない」

「そこらの外国人窃盗団みたいな連中ですね」

最近、ちまたに多い外国人窃盗団を思い、遠藤は肩をすくめる。

窃盗団というより、むしろ強盗団で、多人数で手荒な手口を用いて宝石店や一般民家に押し込む。多少の警備をしていても、スパナやチェーンソー、ハンマーなどを使って無理に押し入る手口も乱暴だが、手っ取り早く金を取るために複数人で平気で殺人や暴行などを行うのも、普通の空き巣などとは根本的に違う。金のためなら、手段を選ばない凶悪な犯罪集団だ。

ほとんど出稼ぎのような感覚で日本に強奪のためにやってくる。池袋《いけぶくろ》のあたりにはびこる中国マフィアなどとはまた別で、狩りをするような対象で日本人を見ているから、やり口も無茶苦茶だった。

「それは一番、質《たち》が悪いな。いざとなれば、さっさと海外逃亡するし…、まぁ、今回は計画的な面もあるから、どうだろうな…」

篠口は目を眇《すが》める。

「豊原氏の警護については、さっき、生方《うぶかた》さんには検討中だって言われたんだけどどね。今、羽島《はしま》管理官と話詰めてるんじゃないかな。ただ、特殊犯第二《う》係《ち》だけだと、今は豊原氏に割《さ》く余力がないっていうのが、正直なところだよね。次に犯人側から何らかのリアクションがないと、まだ、今回の中谷氏の事件と実際に絡んでいるかどうかっていうのもわからないし、他部や他署への応援も頼めない。ある程度は、羽島管理官が上部に報告は上げてるだろうけどね」

「でも、中谷幸信と豊原彬、顔形っていうよりも雰囲気がよく似てますね」

「うん、これだけ背格好や雰囲気が似てると、やっぱり関係していると思った方が自然だろうな」

篠口は頷く。

「中谷さんには無事でいて欲しいな」

Ⅳ

耳でガンガンと大音響でラジオを流していたイヤホンが取り去られる。

鼓膜がおかしくなっているのか、ワーンと幾重にも耳の中で音が響いている気がする。中谷の聴覚がまともに戻るまで、しばらくの時間を要した。

日本語にはない派手な抑揚、よくこれだけ舌が回るものだというほどの早口、大声、会話の途中で繰り返される舌打ちに、両手足と目、口を粘着テープで塞《ふさ》がれて床の上に転がされていた中谷は、身をすくめる。

会話の中身はまったくわからないが、中国語らしいということはわかる。そして、相手が斟酌《しんしゃく》なしに暴力をふるう相手だということも、これまでのあまりに荒い扱いでわかっていた。

「トヨハラ・アキラね？」

苛立《いらだ》ったように何度か片言の日本語で尋ねられたが、必死で首を横に振ると、尋ねた男はかたわらの中国人に早口で何か言い、その中国人が叫びながら中谷の脚を蹴《け》った。

向こう臑《ずね》をまともに蹴られ、中谷は声もなく不自然に拘束された身を丸める。

有無を言わさず力ずくで車に連れ込まれた時、ビルの裏手の人通りの少ない場所とはいえ、まだ午前中で明るかった。こんな風に数人がかりで拘束され、赤の他人の名前を何度も尋ねられなければならない理由がわからない。

中国人に知り合いはいないし、身代金などを目当てに誘拐されるにしても、今の中谷には金の出所がない。家も会社も、とても自分のために大金をつめるような状況にはない。単なる財布や時計などの所持品目当ての強盗にしては、手が込みすぎている。

第一、トヨハラというのは誰《だれ》だ。

目に粘着テープを巻かれる時にちらりと見えた、浅黒く日に灼《や》けて体格のいい、目つきの鋭い男二人が、さっきから中国語でまくし立てている連中だろう。鋭いというよりも、無表情な爬虫類《はちゅうるい》のような目だった。殺伐《さつばつ》とした目で、まるで物でも見るように中谷を見ていた。

「おいっ、トヨハラアキラじゃないのか？」

ずかずかずかっと足音が寄ってくると、頭の上から初めて日本人らしき声がした。ヤクザなどとは違うが、高圧的な怒声だった。

「トヨハラは家にいると言われたぞ。貴様、何者だ？」

「う…お…うぉ」

何重にも粘着テープを巻かれているため、返事も言葉にならない。自分がこんな惨《みじ》めな状況に置かれるなど、想像したこともない。

「剝がせ！」

荒々しい命令に、思わず悲鳴が洩れるほどに乱暴に口許の粘着テープが剝がされた。無頓着《むとんちゃく》に巻かれていたテープと共に、髪の毛も一気に引き抜ける。その痛みにさらにくぐもった悲鳴が洩れた。

「貴様はトヨハラじゃないのか？」

「違いますっ」

異様な状況に、恐怖で情けないほどに上擦《うわず》った声が出る。

「じゃあ、誰だ？」

「わっ、私は中谷です。中谷幸信です。誰ですか、トヨハラっていうのは？」

「くそっ、何だ、こいつは！　トヨハラはどうした？」

「とぼけてるだけじゃないのか？　あそこの駐車場でトヨハラが運転手を待たせて、会合に出ていったのは確認してるんだ」

かたわらで別の男が答える。

この独特の節回しや抑揚、どこか高圧的で硬い話し方は、昔、学生運動を行っていた連中の話し方を思わせる。どうしてこんな連中が、しかも片言の日本語を話す中国人らとつるんでいるのか、わけがわからない。

乱暴に前髪を引きつかまれ、痛みに声が出る。

「運転手なんかいません！　そんな立場でもありません！　私は小さな会社の一社員に過ぎないんで

す。何か間違ってるんじゃないですか？　何なんですか、あなた方は？」

舌打ちと共に、つかまれていた髪を放される。

「トヨハラじゃないようだな。似ているが、別人だ」

「イザキさんが、このヒトだと言ったヨ」

「シュウ君、自重してくれ」

最初に高圧的な声を出した男が注意すると、シュウという片言の中国人は何か不服めいたことを中国語でぼやくように言い捨てる。

「目のテープを剝いで、確認するか？　そうそう似た人間がいるとも思えないが」

「よけいな情報は与えないほうがいい。確かによく見れば、少し鼻の形や口許も違う。失態だな」

奥から別の中国人が何か叫ぶ。

「チガウなら、コロセバドウダと言ってます」

シュウがたわいない提案のように訳すのに、中谷はすくみ上がった。

最近、世間を騒がせている外国籍の者らによる凶悪犯罪が頭をよぎる。抵抗したから殺されたとか、金を出したのに刺されたとか、バールやドリルを使って金持ちの家を狙って複数人で押し込みに入ったなどというニュースだ。

車の中で自分を無表情に眺めた連中なら、何のためらいもなく、それこそ牛や馬でも殺すように人間も手にかけそうだった。

「死体の始末が面倒だ。そもそも日本の警察は、中国の警察みたいにザルじゃないんだ。なら、こいつで金を取るか」

リーダー格らしい男が、床に転がされている中谷の前に屈み込んだ気配がする。

「金はありません！」

中谷は必死に叫んでいた。

「今日もあの後、会社への融資を頼むために銀行にアポを取ってあったんです！　この不景気で、うちの会社は倒産寸前だ！　長らくボーナスもないし、私も給与カットの憂き目にあってるから、家にだって金がない。ねぇ、頼みます。今、融資を受けられなけりゃ、うちみたいな零細はたちまち吹き飛びます。従業員らを解雇しなきゃいけない羽目になるんです。何人もの従業員とその家族が路頭に迷うんです！　頼みますから…」

いきなり何の前触れもなく、ドカッと胸許を蹴り上げられて、中谷は強くむせ込み、床を転げた。

「うるさいっ！　貴様の事情なんて、俺達には関係ない！」

男が苛立ったように怒鳴った。

「面倒なことになった」

リーダーの男が吐き捨てるのを、中谷はようやくおさまりかけた荒い息の中で聞いた。

声などから察するに、多分、自分と同じ年頃だろう。

アジトークという、こういう独特の話し方をする連中が、中谷が中学校の頃、ダッカハイジャック事件やあさま山荘事件、山岳ベース事件といった、テロや立てこもり、内輪揉めによる集団リンチ殺人といった凶悪事件を次々と繰り返していたことが思い出され、肝《きも》が冷えた。

どうして外国人などとつるんで、こんな真似《まね》を…と思う。そもそも、人を誘拐して金を取ろうなどという連中にまともな勤労意欲など説く方が間違っているだろうが、どうしてこんな馬鹿げた真似をするのだろう。そして、どうして自分なのだろう。

すぐにまた耳にイヤホンが押し込まれる。再び、乱暴に口に粘着テープが貼りつけられた。水や食事を与えようという意思もないらしい。

お笑いタレントの仕切っているらしきラジオ番組が、また大音量で流されはじめる。音が大きすぎて会話の中身が聞き取れない。過剰な音量のせいだろう、頭の奥が痛い。このまま大音量が続けられれば、神経の方が壊れるような気がする。

今、何時なのだろう…、時間の感覚の麻痺した中谷は思った。

空腹感と尿意から、夜だろうかとあたりをつける。

頼み込んで時間を空けてもらった銀行へのアポが気になる。

携帯や財布などは早々に取り上げられたが、確認の電話が何件か入っているだろう。会社も気がかりだ。連絡が取れず、事務の女の子が困っているのではないだろうか。家族も心配しているだろう。

手脚を縛られ、物のように床に転がされた中谷は思った。

V

朝七時前、誘拐された中谷の自宅近いK駅のロータリーに立つ神宮寺の前で、紺のセダンが停まる。

「乗れ」

ウィンドウを下げ、顎をしゃくってみせる遠藤に、神宮寺の頬はかすかに緊張する。

手の中に、数時間前に握った遠藤の手首の感触が残っている。細身だが、けして華奢なわけでもない造りと、少し高い体温は忘れられない。一方的に握っただけだというのに、これまで寝た誰の肌の感触よりもときめき、意識している。

こんなにも誰かの体温や肌の感触をずっとどこかで意識し続けているのは、神宮寺にとって初めての経験だった。実際に抱き合ったわけでもない、ましてや中坊じゃあるまいし…、と神宮寺は狼狽《ろうばい》する。

しかし、一度寮に戻って紺のスーツに着替えたらしき遠藤自身は、別段いつもと変わった様子もなく、隣に乗り込んだ神宮寺はわずかながら落胆した。

想いを押しつけておいて落胆するというのも勝手なものだが、自分が遠藤を呼び止めて告げたことも、やはり無意味だったのだろうか。

「道空《す》いてましたか？」

「まだ朝も早いし、サイレン鳴らして赤色《せきしょく》まわしてきたからな。皆さん、自主的に道を譲ってくださる」

神宮寺は少し笑った。

「同じ赤色灯まわしても、救急車や消防車だと全然前が空かないって、前に消防勤務の同級生が言ってました」

「救急車や消防車は、別に公務執行妨害だなんていって、逮捕までしないからな」

遠藤は再びサイレンを鳴らすと、赤色灯をまわしながらロータリーで急転回する。

「寝たか？」

「ここへ来るまでに、少しワゴン内で仮眠しました」

中谷の家に、今後に備えて逆探知や無線装置、録音装置を設置したあと、神宮寺は生方の命令でT市にある豊原議員の家に、遠藤と共に警護に向かうことになっていた。仮眠したのは、その機材装置が乗ったワゴンの中だった。

「遠藤さんは？」

「風呂入ったら、寝る暇がなくなった」

失態だ、と遠藤は呟く。

食事と睡眠は取れる時に取るというのが、かつて二人がいたSAT時代の鉄則だった。この二つを欠くと、てきめんに集中力が落ちる。いざという時に命取りになりかねない。

「運転代わりますよ」

「別にいい。…いや、やっぱり代われ」

言いかけた遠藤は、かなりの勢いで道路の左端に車をつける。アジアな運転と田所《たどころ》には評されたらしいが、たしかにかなり運転は荒い。荒いというよりも、サイレンを鳴らしていなければ事故になりかねない運転だった。

これは非常時用の運転なのか、平素からこんな運転なのか…、後者だろうな、多分…と思いながら、まわりこんでくる遠藤と入れ替わりで神宮寺は運転席に座った。

「朝食はどうします？」

さりげない顔でサイレンを消しながら、神宮寺は尋ねた。

「俺は出がけにコンビニの握り飯だけ食ってきた。お前は？」

「さっき食べてきました。よかったら、寝ててください。多分、三、四十分かかると思うので」

「ああ、頼む」

遠藤は後部座席に置いてあったスーツの上着に手を伸ばすと、肩のあたりまで被る。

不覚にも、どういうことのないそんな仕種を、可愛《かわい》いと思ってしまう。そして、すぐかたわらに感じた遠藤の熱とごくごくわずかに鼻先をかすめた石鹸《せっけん》の香りにときめく。

重症だ。これまでよりも距離が近づいた分、さらに些細《ささい》なことで動揺したり舞い上がったりするようになってしまっている。

思えば、ほとんど無視に近い扱いを受けていた時に比べ、こうして普通に口を利いてもらえるだけマシといえばマシなのだが、その分、自分がますますのぼせ上がっていることがわかる。

「…なぁ」

眠っているとばかり思っていた遠藤が、ふいに口を開く。

「ひとつ聞いていいか？」

「はい…」

さっきの返事なのだろうかと、神宮寺は頬を緊張させる。

「俺、どんな顔してた？」

「顔？」

「いや、昔、病院で俺のこと見たって言ってただろう？」

「ああ…、あの時…」

「俺さ…、どんな顔してた？」

「どんな顔って…」

線の細い顔だと思った。少し青ざめて整った…、そして、生気のない放心しきった顔…。あの時感じたやるせなさは、今もどう伝えればいいのかよくわからない。

「俺、あまり口がうまくないんで、気分害されたら悪いんですけど…」

「別に害しゃあしねーよ、聞いてんの、俺なんだし」

遠藤がいつもより乾いた、小さな笑いを洩らす。口許だけで笑った、そんな笑いだった。

「今にも倒れそうっていうのか…、世界のすべてを無くしそうっていうのか…」

「…ああ」

遠藤は低く喘《あえ》ぐように答えた。

「俺が自分の母親に、入院されてた遠藤さんのお母さんの容態とか聞いたせいかもしれないんですけど…」

神宮寺は言い訳のようにつけ足す。

「なんかさ、寝ないのってよくないよなぁ。考えがネガティブな方向へ、ネガティブな方向へ行くからさ」

いつもよりテンション低めの声で、遠藤は呟く。

独身寮で再会して以来、長く見てきたが、こんな声ははじめて聞く。

「SATの訓練中って、頭の中空っぽに出来るだろ？　他のこと考えなくていい。訓練終わったら、ちゃんと腹も減る。飯食ったら、疲れてぱったり寝られる。それは俺にとって、本当によかった」

「それでSAT希望されたんですか？」

「希望して行けるところじゃないけど、まぁ、行ければラッキーだと思って希望した。テロリストなんて奴らは、皆死ねばいいって思ったのは確かだし、今もあいつら全員、死ねばいいって思ってる。…こんなこと、警官の言うことじゃないけどさ」

遠藤は喉《のど》の奥で、くぐもった声で笑う。普段見せている、正義漢で短気で口の悪い顔とは別の、神宮寺が昔病院で見かけた時の陰を引きずっているような笑い方だった。

「俺、ひとりっ子だし？　じいさん、ばあさんももう鬼籍に入ってるから、死んで悲しむような家族もいないし、別につきあってた彼女や結婚考えてる相手なんかもいたわけじゃなかったしさ、死んでも誰も困らねぇなって思ったのもあったかもな…」

ＳＡＴ隊員の原則が独身者であることとされているのも同様の理由だが、実際にそれが志望動機なのだとしたら何とも切ない。

「そうなんですか」

遠藤が見せるとも思っていなかった本心を打ち明けられて、神宮寺はたいして気の利いた慰めも言えない自分に焦《じ》れる。

「辛気くせぇ話だよな。だから、寝てない時は嫌なんだよ。ろくなこと考えない」

寝るわ、と遠藤は上着を顔のあたりまで引き被《かぶ》る。

「俺は泣きますよ」

「え？」

被った上着の端から、遠藤が覗く。

「俺は泣くと思います」

「俺がいなくなったら、泣くの？」

「泣くっていうか…、多分、平静でいられるとは思えない」

「お前が？」

遠藤は上着を被り直しながら、横顔で笑った。

「…そうか、そういうのは悪くないな」

お前がね…、と遠藤は目を閉じた。

長い睫毛が伏せられるのを、神宮寺は横目に見る。

この抱きしめたくなるような衝動をどうしようかと思いながら…。


「遠藤さん、着きました」

助手席で寝ている遠藤に声をかけると、男は小さく呻《うめ》きながら目を開ける。

「…寝てたな」

目をこすりながら言う遠藤に、神宮寺は微笑《ほほえ》む。

「少しでも休めたなら、よかったです」

かたわらで眠れるぐらいに気を許してくれていると考えると、些末《さまつ》なことながら少し嬉《うれ》しい。酒を注ぐことすら避けられそうになったことを思うと、ずいぶんな進歩だ。

「けっこう立派な家だな。セキュリティ上は、ちょっと守りにくいけど」

「昔からの日本家屋ですね。確かに警備は難しそうな…」

東京でも郊外にあるせいか、庭に石灯籠《いしどうろう》などのある古い和風建築で、生け垣がある立派な家だった。

多分、戦前からある家だ。

ただ、遠藤の言うように、警備につく側から見ればこういう凝った和風建築は死角が多く、濡《ぬ》れ縁《えん》や勝手口、昔ながらの立てまわす形の木製の雨戸など、侵入されやすい箇所が多い。

「まぁ、杞憂《きゆう》に過ぎなきゃ何事もないわけで…、一応、議員にまつわる過去のトラブルを関口《せきぐち》さんらが洗ってる。むしろ、心配なのは拉致られたらしき中谷氏のほうだから、無事でいてくれりゃいいんだけどな」

「警護は羽島管理官の指示ですか？」

「ああ、三国《みくに》刑事部長の了解得て、警護につけって。一応、議員になると色々あるだろうしな。もう羽島管理官から先方に俺達を警護につかせるって電話は入ってるはずだ」

そのために朝一番で遠藤がＫ駅まで車をまわしてきた。豊原彬氏が家を出るのと同時に、警護につくためだった。

遠藤は七時四十分前を指す腕の時計を見ながら、スーツの上着を羽織り直し、ネクタイの襟許を正す。それに倣《なら》って、神宮寺もネクタイを直し、遠藤と同じようにイヤホンタイプの無線を装着する。

「こちら、遠藤。マルタイの自宅前に到着、待機中です」

遠藤が無線を操作し、指示を仰ぐ。マルタイは警護対象者の略語だった。

『こちら、関口。待機了解、そのまま向かえ』

朝一番で出勤してきたらしき、四十前半の先輩刑事の声が答える。

「了解」

遠藤に顎で示され、二人で車の外に下りたった。

立派な石造りの柱を備えた木製の門の前に立ち、遠藤がインターホンを押す。

『はい』

夫人とおぼしき五十前後の女性の声が応えた。

「警視庁特殊犯捜査係の遠藤と申します。朝早くから失礼致します。羽島というわたくしの上司から連絡があったかと思うのですが、豊原議員の警護に伺いました」

『あぁ…、少々お待ちくださいませ』

微妙に戸惑ったような間のあと、しばらくしてまだあまり化粧っけのない上品な女性が出てきて、門を開けた。

「おはようございます、朝の早くから申し訳ありません。遠藤です」

遠藤がスーツの胸ポケットから警察手帳の証明部分を取りだし、提示してみせると、夫人は小さく会釈した。

「豊原の家内にございます。朝の早くから、お務めご苦労様でございます」

選挙区を持つ議員夫人という自覚からなのか、もともと上品な人柄なのか、朝早くから押しかけてきた刑事相手にも、夫人は丁寧に応える。

「こちらは、私と共に警護にあたらせていただきます神宮寺と申します」

「神宮寺です」

神宮寺は頭を下げると、遠藤同様に警察手帳を見せた。

「豊原さんも準備やお出かけの時間などおありでしょうから、それまでわたくしどもは表で待たせていただきたいのですが…」

「あの、それなんですが…」

夫人は申し訳なさそうな顔を作った。

「主人が警護は特に必要ないと申しておりまして…、確かに私どもにおかしな電話はかかってまいりましたが、まだそれ以外に何かあったわけでもありませんので…」

「それは、羽島にそのようにおっしゃっていただきましたでしょうか？」

「いいえ、私が朝、その羽島さんとおっしゃる方からの電話を受けまして、主人に伝えましたところ、必要ないと申しまして…」

夫人は言いにくそうに口ごもる。

「一度、私の方からご主人に身辺警護の必要性について説明させていただけませんでしょうか？」

「主人に聞いて参ります」

玄関でお待ちくださいませ…、夫人は遠藤と神宮寺の二人を玄関先にまで通すと、家の奥へ入ってゆく。

「豊原です」

しばらくして、スーツを身につけた五十代半ばぐらいの紳士然とした年配の男が出てくる。姿勢のいい、知的な雰囲気を持っている。いかにも真面目で実直そうで、一般的に議員と聞いて思い浮かべるような、押し出し満点の図太い印象はなかった。

そして、こちらは写真を見ただけだが、拉致された中谷とやはりどこか印象が重なる。二人とも、しごくまっとうにこつこつと働いてきた、実のある人間といった印象を受ける。

遠藤は背筋を伸ばして豊原に相対すると、頭をひとつ下げた。

「警視庁特殊犯捜査係の遠藤と申します」

「神宮寺です」

神宮寺も続いて頭を下げる。

「話は家内から聞いておりますが、お伝えしましたように、私の方にまでお忙しい警察の方の手を割いていただくのは申し訳ない。確かに議員という肩書きはありますが、私の主義主張が気に入らないという方からお叱《しか》りの電話、場合によっては嫌がらせに近い電話や恫喝《どうかつ》めいたものを頂くことも多々ありますし、いちいち悪戯電話を真に受けていたら、この仕事は出来ません」

「しかし、今回、豊原さんの運転手の方が目撃されてますが、複数の男らによって拉致された中谷さんという方が、豊原さんに背格好がよく似ていらっしゃる。その直後の電話ですから、我々としても不測の事態に備えたい。出来うる限り、豊原さんの身辺をお守りしたいと考えております」

遠藤は対外用の明瞭な声で説明する。もともとはっきりした喋り方をする男だが、こういう時、遠藤の声はずいぶん通る。

「それは…、どれほどの確率なのでしょうね」

豊原はわずかに首をかしげ、思案する様子を見せた。

「不測の事態が起こりうる可能性ですか？」

てきぱきとした素っ気ないほどの声で、遠藤は尋ね返す。遠藤を気に入らないだの、生意気だのいう人間は、おそらくこんなものの言い方が引っかかるのだろう。

「そうです」

「具体的な確率については私にはわかりかねますが、上の方で個人警護が必要と判断するほどには高いのではないかと思われます。お耳に入っているかもしれませんが、非常に乱暴なやり方で白昼堂々、成人男性を複数人で拉致するような相手ですので、脅《おど》すわけではありませんが、万が一ということも考えられます」

うむ…、と豊原は黙り込んだあと、まっすぐに視線を向けてきた。

「お仕事熱心で、一市民としては非常に心強くありがたいです」

豊原は、嫌みなく微笑む。その心から労《ねぎら》うような笑いに、神宮寺は好感を持った。

「しかしながら、私の仕事のひとつとして、有権者の方からの陳情を受けるというものがあります。その陳情に見えられる方の中には、個人的な込み入った話を聞いてほしい、そして、それをあまり人には知られたくないという方もいらっしゃいますので…」

「それに関しては、なるべく目立たないように注意して同行させていただきますが。我々はそのように訓練も受けておりますので」

「それでもです」

豊原は微笑んだ。

「それでも、私は私のところに来ていただいた方には、それだけの信頼に対して実行をもって応えたい。その方が知られたくないと思っていらっしゃるなら、無用にその信頼を傷つけるべきではないと思っております。あなた方は、もし、私のところにいらした方の中に、何か不審に思われるようなことがあっても、黙っておいでですか？」

「極力よけいな真似はしないつもりですが、やはり何か事件に関連性があると考えれば報告します。申し訳ありませんが、それが私たちの仕事のひとつでもあります」

　遠藤は答えた。豊原は頷く。

「では、そういうことです」

「さっき、嫌がらせや恫喝まがいの電話があるとおっしゃっていましたが、何か具体的に相手に心当たりなどはおありですか？」

「いろんな方がいらっしゃいますから」

　豊原は笑う。

「いちいち気にかけていたら、きりがありません」

　政治の世界はよくわからないが、自分が思っている以上にそういった電話は多いのだろうかと神宮寺は思った。

「すみません、もうひとつ」

　遠藤は食い下がる。

「先日、会社員の方の拉致があった練馬《ねりま》の路上ですが、勉強会のためにおいでだったと聞いてますが？」

「ええ、月に一回程度、市会議員や区会議員ら有志による勉強会がありまして、それがちょうど、あの近くの会議室を借りてやっております」

「いつも同じ場所ですか？」

「そうですね、ほとんどあそこでやってますね」

　なるほど、と遠藤は頷く。

「朝早くからわざわざお越しいただいて申し訳ないですが、そういうわけで、今日のところはおひきとりいただけますか」

豊原が言うのに、承知しました、と遠藤は頭を下げた。

「どうします？」

豊原の家の門を出ながら、神宮寺は遠藤に声をかける。

「一応、生方さんに指示は仰ぐけど、念のため、追尾ってとこかな」

遠藤は神宮寺を促して車へと戻ると、助手席に乗り込み、イヤホンを抜き取りながら言った。

「性善説っていうのかな…、相対する相手の良心を信じるっていうようなストイックな考え方だな。昔の田舎の校長先生みたいで、俺は嫌いじゃないけどね。今の世の中だと、生きづらそうだ。経歴見てると、バリバリの保守派だから、利権ゴロみたいなのから色々圧力でもあるのかね」

「わりと日常的に、何かあるみたいな感じでしたね」

「政治の世界もドロドロっぽいからなぁ。公安に聞きゃ、詳しいこと教えてくれるのかな？　あー…、でも公安は、あまり期待できないか。帰ったら一応、生方さんに要報告な」

「了解」

答えながらも、神宮寺は首をひねる。

「俺はあまり性善説っていうのは、ピンと来ませんが…、反社会性人格障害やサイコパスでしたっけ？　この仕事やってると、まったく良心を持ち合わせない人間がいるのは何度か目の当たりにしてますから。面倒なことになる前に、おとなしく警護されてくれって思いますが」

「へぇ、意外。お前は思ってても、そういうの口にしないタイプかと思ってた」

神宮寺は短く整えた髪をかき上げる。

「…口が過ぎました、すみません」

「黙っていられるより、俺はそういうのは口にしてもらったほうがいいけどね。篠口さんの殉職した同僚も、その手合いにやられたって聞いてるし」

「篠口さんの同僚？　亡くなったんですか？」

「ああ、庖丁《ほうちょう》振りまわして何人か殺傷した通り魔関係だったって、この間、ちょろりと関口さんが言ってたけど。犯人は通院歴があって、刑事責任を問えないとかなんとか…」

言いながら、遠藤は無線を手に取る。

「こちら、遠藤。マルタイから警護辞退の申し出がありました。今、自宅前にいますが、追尾して身辺警護を続行するかどうかの確認願います」

『本部了解。しばらく、そこで待機』

さっきの関口の声が応じる。

『生方だ』

しばらく後、無線のレシーバーから生方の低い声が響く。重く厚みのある声だが、意外にも声は明瞭に聞こえた。声質の重い分、聞き取りやすい。

『今、豊原議員本人から警護の引き上げ要請があった。戻ってこい』

神宮寺は遠藤と顔を見合わせた。手回しのいいことだ。あらかじめ、遠藤と神宮寺が自宅前で待機することを見越して引き上げ要請をかけたのか。

「大丈夫でしょうか？」

遠藤が返す。

『本人が警護は無用だと、上を通して断ってきているんだ。中谷の方も、まだ何も動きはない。いったん、戻れ。妙な動きがあれば、また直接警護についてもらう』

「了解しました。戻ります」

遠藤がレシーバーを戻すのを確認して、神宮寺は車を発進させる。

「そんなに嫌でしたかね、警護」

「嫌っていうんじゃないだろうけど、簡単には俺達が引き下がらないと思ったんじゃないか。家の前に車停まったままなのもわかってるだろうし。単に俺達下っ端が、帰れるように手をまわしてくれたのかもしれんが」

遠藤は答える。

「基本的に警護っていったら、赤の他人につけ回されるのと一緒だしな。俺らが同業者なんかは雰囲気的にわかるのと一緒で、こっちがなるべく目立たないようにしてても、やっぱり警察だなっていうのは、わかる人間にはわかるんじゃないかな」

「まぁ、俺もこの通りのガタイですし、遠藤さんも雰囲気的に触れれば切れそうな感じしてますもんね」

遠藤は小さく笑いを洩らす。

「そんなにヤバげか？」

「ヤバいっていうより、前に宮津さんとも話してたんですけど、ＳＰにいても不思議じゃない雰囲気っていうのか…。そこらへんの営業マンっていう感じとはまた違うと思います。必然的に周囲警戒してると、目つきもキツくなりますから」

ふぅん…、と遠藤は笑いを含んだ声で相槌をうつ。いつになく気を許している様子を、不謹慎ながら嬉しいと思ってしまう。避けられていると思って、あまり話しこむこともなくこれまで来たが、もっと自分から積極的に話しかけていれば、遠藤なら腹を割って気を許してくれていたのかもしれない。

恋愛関係というのとはまた違うが、こんな風にたわいない会話くらいはこれまでにも出来ただろう。そうすれば、さらにもっと別の何かが欲しいと欲張ってしまうのか…、神宮寺は目を伏せる。

「今から帰ったら、渋滞時間に突っ込むなぁ」

睡眠不足の疲れがまたぶり返してきたのか、遠藤は口許に手をあてがったまま、徐々に車の多くなってきた幹線道路をぼんやりとした様子で眺める。

「ゆっくり帰りますから、寝ててください」

「そうさせてもらおうかな」

遠藤は再びスーツの上着を肩まで被ると、シートを少し倒す。しばらくすると、遠藤の規則正しい寝息が聞こえてきた。幸か不幸か、特別に神宮寺を意識した風もない様子に、苦笑してしまう。

信号待ちの間に横目に見ると、遠藤がいつもよりあどけないような顔で眠りこんでいた。キツい印象の目が閉ざされていると、年よりも若く見える繊細な顔立ちが引き立った。

普段は粗雑さすれすれの言動のために線の細い輪郭は見落としてしまいがちだが、こうしてあらためてみると、やはり、昔、病院で見かけたあの顔だと思う。

テロリストなど皆死ねばいいと言い、死んで悲しむ家族もいないと言った遠藤の内面を、神宮寺はまだ詳しくは知らない。

知らないけれども、いつも陽気で明るい遠藤がぽろりと洩らした本音、脆《もろ》さみたいなものには胸が痛いような思いになる。死ねばいいという言葉には憎悪というよりも、むしろ、冷ややかな侮蔑に近い響きがあったように思った。

あの病院で初めて会った日、そして独身寮で再会するまでの間に遠藤が乗り越えてきたもの、今も他人には見せないままに胸の奥に抱えているもの…、それを知りたい。

簡単に潰れるような男ではないとわかっていても、誰にも感じたことのない痛みが湧《わ》いてくる。軋《きし》みとは違うけれども、どうしても目が惹《ひ》きつけられずにはいられない。

とりあえず、今は自分の隣で眠ってくれればそれでいいと、神宮寺は遠藤の寝顔から交差点へと視線を戻した。

警視庁に帰り着き、特殊犯第二係の部屋に入ってゆくと、宮津がファイルの向こうで手を上げた。

「帰ってきたか、お疲れさん」

「お疲れ様です」

神宮寺は遠藤と共に頭を下げる。

「警護断られたんだって？」

「まだ何も起きてないから、不要だそうです」

「地方じゃ、実際のストーカー被害にあってても、警察が始終警備してくれるわけでもないってのに、元ＳＡＴ隊員が二人もついて警護するってんだぜ。それを自分から断るなんて奇特なことだなぁ。タクシー代わりに救急車呼ぶ人間もいる中、不要に税金を使わせまいっていうのは、国民の鑑《かがみ》だぜ。いい議員さんだな」

宮津はにやにや笑う。あいかわらずそのヤクザな雰囲気のせいで、ほめているのか、揶揄《やゆ》しているのかよくわからない。

「警護につくっていっても、俺達二人だけでしたら一週間程度が限界ですからね」

「一週間もあれば、次に何らかの動きあるだろ。それにお前ら二人ついてたら、まず誘拐されるようなことにはならないだろうしな」

「警護についてるのに目の前で誘拐されたら、この仕事辞めなきゃならないですよ」

単なる軽口ではなく本心なのか、遠藤は溜息をつきながら頭をかく。

「羽島管理官に警護向きで能力が高いのを豊原氏の警護につけてくれって言われて、生方さんがお前ら二人行かせたって聞いたぞ。確かに俺も、お前ら相手にしなきゃなんないっていうなら、犯人に同情しちゃうね」

「まぁた、そんな適当なこと言って。下っ端だから行かされただけでしょ？　宮津さんが行ってくれるなら、代わって欲しいですよ」

「面倒じゃないか、警護なんて。トイレも飯もままならねぇし」

「やっぱり、そっちが本音でしょ。それで、動きありました？

「ねぇなぁ。中谷家にも連絡ないし、会社にもないらしい。殺《バラ》されてなきゃ、いいがなぁ」

殺《バラ》される…、宮津の洩らした最悪の事態には何とも答えず、遠藤はちらりと腕の時計を見る。

「そろそろ始業時間ですね。生方さんに報告してきます。少し気になることがあったので」

「おう、そうしてこい。このあと、寮戻って仮眠取れって言われるだろうから」

宮津が答えるのに会釈し、神宮寺は遠藤に続いて、別室で管理官らと状況を分析している生方のもとに向かった。


ベッドの枕許で携帯が鳴る音に、遠藤はうっすら目を開ける。

「はい、遠藤…」

仕事の電話だと思ったが、起き抜けで声が掠《かす》れて出ない。

カーテン越しの光はまだ明るいので、昼前後あたりか。

「あ、田所です。お休み中すみません」

「あー…、今、何時だ？」

「三時前ですね。昼の二時五十二分です」

「そうか」

三時半に目覚ましをセットして、自室のベッドにもぐり込んだことは覚えている。夕方から、再び出ようと思っていたためだ。

「出動か？」

緊急出動だとしたら、田所の声にはまったく緊張がないが、とりあえず尋ねてみる。

「いえ、中谷幸信が見つかりました。栃木県の山あいのバス停の待合所に、両手両足を拘束された状態で座らされていたらしいです。付近の住民から通報がありました。無事です。今、栃木県警で保護して念のため病院に搬送されたそうで、板東《ばんどう》さんと谷崎さんが向かってます。先輩は今日はオフになるから、そのまま寮で休んでていいって、生方係長からの伝言です」

「念のために搬送って、無事だったのか？」

「ええ、打撲や擦過傷、あと軽い脱水症状はあるようですが、意識ははっきりしてるみたいですよ。もう少し詳しいことがわかったら、寮帰ってから話しますんで、とりあえず今日は出てこなくていいっていう連絡です」

無事だったと聞いて、とりあえずほっとする。赤の他人であっても、無事に越したことはない。

「…了解、寝るわ」

「はい、寝てください。神宮寺さんにも連絡入れときます」

「おう、そうしてやってくれ」

答えてみて、遠藤は以前のように神宮寺の名前を聞いただけで湧いてきた不快感がないことに気づく。自分を好きだったと好意を打ち明けられただけで、これまであった反発心や敵意が消えるのだから、我ながら現金なものだ。

今朝方、神宮寺と少し話した感じでは印象は悪くなかった。むしろ、もともとの反感がなければ、比較的一緒にいやすい相手、居心地のいい相手だった。

何を血迷って俺なんかをねぇ…と思いながら、遠藤は布団を引き被った。

VI

「ずいぶん呆気なく解放されて、逆にこっちが狐《きつね》につままれたみたいなんですけどね」

寮の食堂で、夕飯の定食を口に運びながら、田所が遠藤と神宮寺を前に、今日判明した内容を説明する。

「殺すかって中国人が聞いて、死体の始末が面倒だって日本人が答えたそうです。日本の警察はザルじゃないって。まぁ、それにつきるんじゃないですかね、やっぱり」

「今なら捕まっても、何年かお勤めすれば出てこれるだろうけど、殺《や》れば誘拐殺人で無期か死刑になるのは間違いないからな。でも、一度誘拐して金が取れるって考えはじめたら、そう簡単に諦めないと思うんだけどな」

遠藤は首をひねる。

「明日詳しい話があると思いますけど、五、六十才ぐらいの日本人二人に片言の日本語を話す中国人ひとり、それから多分、日本語を話せないんじゃないかっていう三十代から四十代程度の中国人が二人か三人程度いたって話です。片言で話してた中国人が通訳っていうのか、橋渡し役っぽくて、日本人の方はけっこう特徴のある極左系の話し方をしてたらしいです」

「ああ、煽動《アジ》トークっていうんだっけ？　あれもかなり独特の話し方だからな。中谷が五十代半ばだから、確かに学生運動やってた連中は同世代じゃないにせよ、子供の頃にニュースとかで見かけて記憶にあるかも。へぇ…、暴力団系じゃなかったんだ」

遠藤は味噌汁《みそしる》を口に運びながら、目を細める。

「で、やっぱり本命は豊原だったんだ」

「ええ、トヨハラ・アキラかと何度も聞かれたと言ってたそうです」

生方にも報告をあげたが、犯行についてはおそらく、豊原にまつわる団体や、過去絡んできた相手などが捜査上に浮かぶことになると思われる。

明日には公安の協力を仰ぎ、場合によっては豊原議員本人に事情を聞いて情報を得るのだろうが、事件に関する捜査自体は、同じ捜査一課でも未解決事件を担当する特命捜査係か、場合によっては公安の管轄に移るのかもしれない。

被害者解放以降の犯人捜査や逮捕は、特殊犯の管轄ではない。特殊犯の仕事はあくまでも現在進行形の凶悪犯罪に対して――今回の場合は人質誘拐事件解決までだった。無事に被害者が解放されて以降は、そのまま犯人が立てこもっている場合などを除き、捜査を他に引き継いで、次に新たに起こるかもしれない人質誘拐事件に備える。

焼き肉定食をほとんど食べ終えた神宮寺は、わずかに首をかしげる。

「暴力団関係者が中国人とつるむってのは、わりによくある話ですが、極左系らしき連中が、あえて中国人とつるんでるっていうのが引っかかりますね。最近多い中国マフィアですか？　福建省《ふっけんしょう》のあたりには誘拐専門の組織もありますが」

テロ組織に対峙するSAT時代の基礎知識として、世界中のテロ犯罪組織とその力関係などは、それなりにインプットされている。

「福建の連中って、同じ福建省の密航仲介組織の『蛇頭《じゃとう》』に金払って、荒稼ぎするために密入国してくるんだっけ？　中国マフィアだったら、普通、極左の連中とは組まないんじゃないか？　日本人に黙って使われるような連中じゃないし、メリットもない。むしろ、一攫千金《いっかくせんきん》狙いで密入国してくる連中がヤバい。金になるなら、誰とでもつるむ。簡単に人も殺す」

遠藤は年季の入った卓上ポットから、湯呑《ゆの》みにお茶を注ぎながら答える。

すでに日本では、外国籍の犯罪者がさらに日本で犯罪を犯すために、別の専門犯罪組織に金を払って違法に密入国を繰り返すシステムが成り立っている。

つい先日も組織犯罪対策部による大規模な摘発があったばかりだったが、強制送還してもいくらでも別の人間が入り込んでくる。イタチごっこで、警察も頭を抱えているような状態だった。

「つくづくめんどくさい連中ですよねー。次から次へと、まぁ」

田所が溜息混じりに頭をかく。

「おい、神宮寺」

背後から、書類を手にした大賀《おおが》という、遠藤より三期上の男が声をかけてくる。

「ちょっと来てくれ。お前、このトーナメントシート引き継いだか？」

「あ、まだですね」

すみません、と神宮寺は断ると、呼びに来た大賀と共に立ち上がって行ってしまう。

「サッカーですかね。同好会なのに、もう部活みたいなノリですけど」

二人の背中を見送りながら、田所が呟く。

「大賀先輩がトーナメントとか言っているなら、そうなのかな？　神宮寺もやるんだ？」

「オフ日にちょこちょこ呼ばれて、試合とか練習に行ってましたけどね」

「ちょこちょこって、レギュラーじゃないのか？」

足が長く、肩まわりや背中のしっかりした男の背中を田所と共に見送りながら、遠藤は尋ねる。

「忙しかったし、レギュラーはどうなんですかね。あんまり詳しいこと聞いたことないですけど」

ふーん…、と答えて遠藤は壁の時計を振り返る。まだ九時前だった。

「あっけなさ過ぎて腑に落ちないけど、とりあえずは被害者無事帰還っていうことで、祝杯でも上げとくか？」

「場所変えますか？」

長年染みついた縦型組織のならいで、遠藤と席を立った神宮寺の分の食器までてきぱきと片付けながら、田所は尋ねる。

「あー、俺の部屋にするか？　今さら着替えて外に飲みに出るのも面倒だしな」

「じゃあ、俺、買い出ししてきますよ。先、部屋に戻っててください」

気のいい田所は、手近なコンビニでビールなどを調達するつもりなのか、フットワークも軽く出てゆく。

「お疲れー」

田所がビールの入ったビニール袋を下げて帰ってくると、とりあえずは遠藤の部屋の狭い絨毯《じゅうたん》の床の上につまみを並べ、プルタブを引いて乾杯した。

「神宮寺さん、声かけなくてよかったっすかね？」

「いいんじゃない、別に。大賀さんに呼ばれてったんだし」

チーズちくわを口に放り込みながら答える遠藤を、田所は上目遣いに見る。

「仲良くしてくださいよー」

「仲良しですよー。早朝から二人でT市までドライブしちゃうぐらいに」

混ぜっ返すように答えながらも、これまでほどの刺々しさはない声で遠藤は笑う。

「いっときより、ちょっと仲良しっていうんじゃないけど、まぁ、普通ですよね。仲直りされたんですか？」

「大人ですからぁ」

互いに軽口をたたき合いながら缶を空けて、遠藤はたちまち二缶目に手をつける。気心の知れた田所だと、ずいぶん酒も楽しい。

「お前さぁ、人に言えないような性癖持ってたらどうする？」

たわいもない話をグダグダしたあと、ふと尋ねたら、田所はきょとんとした顔を作った。

「セイヘキ？」

「あー、性的嗜好《しこう》だよ。セクシャリィ・インタレスティッド」

「そんな英語で言われても…、でも、ロリは犯罪ですよ」

遠藤はゴインと田所の頭をぶった。

「俺がロリータ趣味持ってるように見えるか、アホウ」

「いや、だって急に性的嗜好とか言われても…。あ、もしかしてＳＭとかですか？」

遠藤はぐいぐいっと田所の首を締め上げる。

「だーかーらー、俺に縛ったり、ヒールでぐりぐりされたりして喜ぶ趣味とかがあると思ってんのかよ、お前はよ。俺は普通でいいんだよ、普通で。普通に気持ちよければいいんだって」

「いでででで…、普通に気持ちいいって、そんな無茶な…。だいたい先輩、基本的に気持ちいいことに弱いじゃないですか」

「それは男として当たり前」

「いや、当たり前ですけど…、当たり前ですけどぉ、ちょっと遠藤さんの場合は快楽に流されすぎ…」

何だと、コラと遠藤は田所に凄《すご》む。

「俺がいつ流されたよ。言っとくけどな、ソープぐらい普通に行くだろ、男なら。別に俺、あの時、つきあってた相手いたわけじゃないし」

「俺は行かないですよ。純愛したいですからー」

「俺がもらった給料と勤務以外の時間をどう使おうと勝手だろ」

「いや、悪いとは言ってませんけど、でも病気とか怖いですし、俺はやっぱりそういうことは好きな相手としたいですから」

「俺だって好きな相手とやれりゃー、そんなところにわざわざ金払って行かねぇよ。第一、俺が快楽に流され過ぎって言うなら、神宮寺はどうなんだよ！」

「あ、それ」

田所は遠藤の前で、待って待って…と片手を上げる。

「それ、遠藤さんの前で言うなって神宮寺さんから言われてるんです。言ったら承知しないって。だからそれについては、俺はノーコメントです」

「なんでノーコメントなんだよ。どうして、俺の前で言ったらマズいんだよ。あいつが群がる女の子を食っちゃー捨て、食っちゃー捨てしてたのは有名だろ」

田所は襟許をつかまれたまま、遠藤から目を逸らす。

「…本官にはお答えいたしかねます」

「面白いこと言うじゃないか、コノヤロウ。上官命令だ。言え。俺と神宮寺と、どっちの言うこと聞くんだ？」

「横暴ですよー、言えないっすよ。神宮寺さんもあれはあれで、怒ると遠藤さんとは別の方向に怖いんですからー」

「どう怖いってんだ？」

「遠藤さんはドッカーンって爆発するみたいに怒るでしょ？　神宮寺さんは逆で、黙ってすっごく冷ややかーな空気漂わすっていうのか、目と背中から怒ってる怒ってる怒ってるぞーってオーラが出てる感じで、滅茶苦茶怖いんですよ。ＳＡＴにいた時、合同訓練中に馬鹿やった奴がいて、そりゃもう怖いのなんのって。何か一言言ってくれればいいのに、神宮寺さん、黙ったままでもっくもくと弾倉《マガジン》交換してて、空気が重くて凍りそうになるってんですか。いや、もう本当に勘弁してくださいよ」

お願いしますよ、と田所は眉尻《まゆじり》を下げる。

「第一、性癖がどうのっていうのと、神宮寺さんとどう関係あるんですか？　遠藤さんが食い気と色気に弱いのは、自他共に認めるところじゃないんですか？」

「食い気はとにかく、俺は別にハニートラップとかには引っかからないぞ」

「あ、そういえば、わりに遠藤さん、女性にも手厳しいんですよね」

「『わりに』と『にも』に引っかかるな、個人的に」

「絡むのやめてくださいよ、本当に」

もうー…、と田所は呻く。

「だいたい遠藤さん、どういうタイプが好みなんですか？　あんまり好きなタイプとか聞いたことないですけど」

聞いて驚くな、と遠藤は堂々と胸をはる。

「スタイルいい系だな。セクシー系っていうのか、ちゃんと胸があってお尻《しり》もある、お色気姉ちゃん」

「お色気って…、いや、もっと性格的にはどうなんですか？　面倒見のいい子とか、さばさばしたタイプとか、俺が守ってやらなきゃみたいな子とか色々あるじゃないですか」

「あー…」

遠藤は口許を押さえ、しばらく考え込む。

「いいなって思ったのはいつだ？　小学校の時はミドリちゃんって子で、脚がすらっとまっすぐでよかったんだわ。足首がキュッって締まっててさ。その次のは…、確かアメリカのジュニア・ハイでジーナって子。いつも、すげぇ露出度高い服着ててさ、胸とか見えんじゃないかって思ってた。思わせぶりに、グロス塗った唇突き出して話すんだよ」

田所は呆《あき》れ顔となった。

「それ、全っ然、性格関係ないじゃないですか」

「まぁ、思春期だから身体に目が眩《くら》んだっていうのか、わかりやすいところに行ったっていうのか…。でも、普通、そんな理屈で人好きにならないだろ？　見て、フィーリングでいいか、悪いか…、そんな感じじゃない？　そこ否定したら、一目惚《ひとめぼ》れもなしになるじゃないか」

「フィーリングも悪くないんですけど、そろそろ年齢的に中身も重要視して恋していきたいかなーなんて、俺は思うんですけど」

「ヤバい」

遠藤は口許を押さえたまま、目を逸らす。

「俺、もしかして相手の性格どうこう考えて好きになったことないかもしれないわ」

「ええ？　それって…、遠藤さん、ちょっと…」

「うるさい、世の中、本当に恋愛してる人間が何割いると思ってんだよ」

遠藤は篠口の受け売りをそのまま口にして、唇を尖《とが》らせる。

「ですよねー、純愛したいっすよ。派手じゃなくていいから、地味にほんわかしたの。今日も元気に仕事に行くぞって思えるようなの」

そういえば…、と人のいい田所は天井を仰ぐ。

「平《たいら》さんの奥さんは、高校時代の同級生らしいですよ。つきあいも高校の時かららしいっすから、長いですよね」

「高校かー、ハイスクールって何やってたかなぁ…」

遠藤は呟く。

「タイのインターナショナルスクールで、ひとつ上にドイツとタイのハーフのアンネリーゼっていうナイスバディの子がいて、いっつも、いい身体してんなぁって思ってた」

「また、バディですか？　ほんと、好きなんっすね、エロいことが…」

「まぁ、好きかな。好きだろ、お前も」

「適度にね。そんな身体ばっかりじゃないですけどね。ときめきも大事にしたいですから、俺」

「篠口さんはさー…、なんか恋愛したことあるのかねー…」

遠藤は自分を好きだというニュアンスを匂《にお》わせた、七つほど年上の先輩刑事を思い出して低く洩らす。篠口の場合、単に遠藤を鈍いと評したかっただけなのかも知れないし、あまり真に受けるのもどうかと思うが、ミステリアスな男なだけにどんな恋愛を好むのだろうとは思う。

「篠口さん？　神宮寺さんの次は、篠口さん？」

遠藤と一緒で、あまりアルコールに強くない田所は顔を赤く上気させながら首をひねった。

「あるんじゃないですか？　大人だし、服の趣味もいいし、頭も要領もよさそうだし。ちょっと俺とは違う階層生きてそうだなって、いつも思います」

「だよねー…」

遠藤は考える時のくせで、唇を指先で弄《いじ》りながら尋ねる。

「たとえばさぁ、お前のこと好きっていう子がいるとするだろ。で、別の子が『その子の気持ちもわからないわけじゃない、もっと相手の気持ちに敏感になれ』なんて言いだしたら、その別の子もお前のこと好きなんだって思う？」

「そういう意味だと思いますけどねぇ…、多分、俺に気があるんだって思うんじゃないかな。まぁ、言われたことないですから、何とも言えないですけど。…って、もしかして、それ、遠藤さんの話ですか？」

「うーん、まぁ、そうなのかもしれない」

「先輩、モテモテじゃないっすか。ダメですよ、女の子は大事にしないと。エロばっかり追求しちゃ」

「…してねぇよ。色々と大変なのよ、俺も…」

遠藤はとりあえず、ややこしそうなので篠口のことは脇《わき》に置かせてもらおうかなどと思った。

申し訳ないが、仕事と違って、入り組んだ色恋沙汰《ざた》は苦手だ。篠口が完全に本気だったとも思えない。あまり遠回しなニュアンスで言われると、いったい何を言われているのか、本音がどこにあるのかわからない。

「何か、ややこしいんですか？」

「ややこしいことは、ややこしいかも…」

遠藤は少し遠くを見る。

「遠藤さんにしては、煮え切らないの珍しいですね」

「俺、仕事以外のことでめんどくさいこと考えるの、苦手なんだよ」

「でしょうねー…って、イテテテテ」

「そこは否定するところだろ、お前はーっ」

適当な相槌をうつ後輩の頭を抱え、遠藤はぎゃはははっと高笑いしながら、ぐりぐりと締め上げた。

四章

I

会社役員中谷幸信の拉致解放事件から一ヶ月、特殊犯第二係はいつものように事件に備えて訓練を重ねる日々だった。

擦過傷や軽度の打撲を負った被害者の中谷は、結局、ずっと目隠しされていた上、わずかな犯人らとの会話以外にはイヤホンでラジオを聞かされていたため、犯人逮捕に直結する手がかりはほとんど持っていなかった。

ただ、片言の日本語を話したシュウという中国人についてはわからないが、中国人がイザキと呼んだ男については、公安の新左翼所属リストに該当者ではないかと考えられる伊崎《いざき》という名の男がいたらしい。

しかし、派閥としては組織も老齢化、弱体化の一方で、数年前に解散宣言を行っている。現在もまだ積極的な活動を行っている他派とは異なり、監視対象からすでに外れているということで、伊崎の所在は数年前から不明だった。全国に手配をかけるほどの、確固たる証拠もない。

今のところ、特命捜査係で容疑者の一人として捜査中というが、犯人側も中谷周辺からは金が取れないと踏んだのか、もともと身代金が目的ではなかったのかはわからないが、以来、中谷本人には何の接触もないという話だった。

豊原彬の家の周囲は地元警察がパトロールを強化しているが、こちらも特に動きはない。

特命捜査係が継続して聞き込みなどの捜査を行っているようだが、最終的に身代金も取られず、被害者も解放されているため、次に何か大きな事件が起これればそのまま風化してしまいそうだった。


「神宮寺君」

その日の捜査訓練を終えた神宮寺は、帰り際に廊下で篠口に呼び止められ、脚を止めた。

同じ部内にいるとはいえ、思いもよらぬ相手に話しかけられたことに戸惑う。宮津ではないが、少し自分とは系統の違う相手だと思う。いわゆるインテリタイプで、遠藤とはずいぶん親しい。

ああ見えて遠藤は語学力もあるし、頭も切れる。神宮寺が多少努力したところで追いつかないほどに、本も読んでいるので、篠口とは気も合うのか。

「神宮寺君、相手の同意を伴わない肉体的な接触は、同性であっても——たとえそれが年上や目上の相手であっても、セクシャル・ハラスメントになるっていうのはわかってる？」

篠口はどこか冷ややかさを感じる笑顔で尋ねた。

遠藤が打ち明けたのかと、神宮寺は息をつめる。

あれ以来、別に遠藤との距離は遠ざかりもしていないかわりに、詰まりもしていない。以前のように無視もされていないし、顔を合わせればその場で話もしてくれるが、先週は遠藤が研修に行かされていたせいもあって、今のところは親しく言葉を交わすというほどの時間もない。

あらためて食事に行かないかと誘った方がいいのか、篠口が今言ったように、すでに相手の同意を伴わない肉体的接触を仕掛けてしまっている自分は、これ以上強引に踏み込まないほうがいいのか、よくわからない。

本当にこういう時、自分はつくづく恋愛スキルが低いと思う。ここから押した方がいいのか、引いた方がいいのかも、ろくに判断できない。

女の子相手だと、これまではどちらかというと向こうから押せ押せで寄ってこられるのを適当にあしらっていればよかったし、何度か食事に行けばそのまま自然な流れでホテルまで行くということが大半だった。

今さらになって、誘う手順やアプローチ方法など、考えたことがなかったのだと気づく。断られる可能性のある相手に、あえてコナをかけたこともない。

かといって、下手に押して遠藤を引かせたり、怒らせたりするのも、そこからまったく打つ手がなくなりそうで踏み込めない。同性相手にアプローチしようなどということ自体が、すでに間違っているのかもしれないなどと、結局のところ、打つ手がなくて手をこまねいている状態だった。

しかし、自分が強引に仕掛けたキスのことを、遠藤がこの男には打ち明けているというのは、どうしようもなく胸苦しい。そして、ショックでもある。

この歳になって、多少強引であっても、誰かにキスされましたなどと男が打ち明けるだろうか。

そう思う一方で、いや、遠藤のキャラクターなら、逆にあけすけに言うのかもしれないとも思う。

どちらにせよ、自分が仕掛けたキスは遠藤にとっては秘密でもなんでもないということが、今はただ苦い。

そんな神宮寺のぐるぐるした思いを、この人の内側を見通すことに長けた男はすでに見抜いているのか、薄く笑った。

「僕に知られたのは、ショックだったって顔をしてる。君はクールで鉄面皮なタイプだと思ってたけど、案外、動揺が顔に出るね」

今、さらりとずいぶん失礼なことを言われた気がすると、神宮寺はわずかに眉を寄せたものの、極力反感が顔に出ないように装った。

「遠藤君は子供でしょ？」

コーヒーでも飲まない？　…と、神宮寺を自販機の前へと誘いながら、篠口は言った。

「二十歳の頃のままで、時間っていうのか一部の感性を止めてしまってる。頭のいい分、自分でどこかを麻痺させている子供のままだと僕は思ってる」

「子供って、どういう意味ですか？」

先に立ってブラックの缶コーヒーを買った篠口に続き、自販機に硬貨を落とし込みながら尋ねる。

「文字通りの意味だよ。遠藤君が、あのジャカルタ航空機ハイジャック事件の被害者家族っていうのは、君も知ってるよね？」

自分の安い既製品より数倍は値のはりそうなスーツで自販機前のシートに腰掛け、篠口は立ったままの神宮寺を見上げてくる。

「それで無意識のうちに自分を守ってるんだと思うよ。…て言っても、年齢的には十分に大人だから、その内側で自分を守る方法っていうのかな。十年ほど前だと、まだ日本では十分に心的外傷《PTSD》へのケアが確立されていなかったから…、もちろん、今も十分だとは言えないんだけど、そこで無意識のうちに彼が自分を守る方法として確立したのが、自分に大事な存在——失った家族のような存在を作らない、恋愛面についてはカットオフして深く考えないようにしてしまうっていう方法なんじゃない？」

二十歳は子供ではないだろうと思う一方で、当時の自分を思い返せば色々と精神的に未熟だったし、あの時、母を亡くしたら…と想像しただけで感じた喪失感は、やはり今とは比べようもないほどに大きなものだった。

働いているか、いないか、男として家庭を背負っているか、いないか、守るべき存在がいるか、いないか——今、あの二十歳の学生の頃に比べれば、さすがに少しは精神的に成熟したのではないかと思っているが、それでも神宮寺などはまだ家庭を持っていない分、子供や愛妻もいる平などに比べれば、やはり仕事や人生に対する根本的な覚悟や腹づもりは違うだろう。

「PTSDって、遠藤さん、自分から篠口さんにご両親の事件のこと、何か話されたんですか？」

勝手に遠藤と自分の間にある、誰も知らない十年ほど前からの絆《きずな》のように思っていた事件を、より詳しく篠口が知っているということが、さらに気持ちを苦くする。

「彼に聞かれたんだよ。被害者心情なんかも含めて、犯罪心理に詳しいなら色々教えて欲しいって。勉強熱心だなって思って本なんかも貸して親しくなるうちに、自分の両親がテロに巻き込まれた時のこと、いくらか教えてくれたよ」

「そうですか…」

なんだ、ソフトな物言いなのに、どこまでも自分に当てつけるように感じられるのは…、と神宮寺は宮津よりもさらに先輩となる篠口に対して、極力表情を消す。

「遠藤君、お父さんの遺体確認したって話は、君にした？」

「いえ。でも、事件当時にニュースで遠藤さんのこと見かけたことがあるんで、遺体確認のためにマニラですっけ？　向こうに飛ばれたことは知ってます」

「腕の一部と時計だけだったらしいよ。お父さんを確認できたものは…。二十歳の頃、君に父親の遺体としてそれだけを見る覚悟はあった？」

「…いえ」

無意識のうちに眉をひそめながら、神宮寺は短く答える。

警察学校やＳＡＴでの研修中に、惨《むご》い遺体の写真などは見ているが、実際に肉親の身体の一部だけの遺体などと考えると、別だ。想像しただけで、いたたまれなくなる。

「ないよね。正直、僕も二十歳当時にはなかったと思う。今も、確認しろっていわれると、キツいね」

座れば？　…と篠口は隣のシートを示した。

神宮寺はやむなくその横に腰を下ろす。

「ＳＡＴの訓練の一部に、心傷性災害ストレス《ＣＩＳ》へのメンタルケアも導入されてるらしいね」

「突入班に対する研究の一環として、最近ではプログラムに組み込まれています」

神宮寺はもちろん、遠藤もＳＡＴにいた以上は基礎知識としてあるし、頭はいい男だ。その目的も十分に承知しているから、指揮班としての訓練中は、実際にリーダーだった神宮寺以下の突入班メンバーのメンタル面もちゃんと配慮した指示を下していた。

それは、実際に遠藤と組んで指示を受けていただけにわかる。遠藤は同僚や部下は絶対に自分の背中で守ろうとする。

犯人制圧、障害排除と呼ばれる最終的なＳＡＴの目的は、言い換えてみれば容易には逮捕できない、逮捕するために人質殺害などの非常なリスクを伴うとされた犯人の合法的な殺害でもある。

当然、突撃班隊員の中には、いくら犯人とはいえ殺人行為に対して嫌悪感を抱くものもいる。むしろ、それは理性のある人間としてはいたって正常な嫌悪感でさえある。

だからこそ、突入班隊員の罪悪感や恐怖、過度のストレスを取り除き、肉体よりもはるかに脆《もろ》い精神を守るために、専門家の指示に従って犯人制圧のために突入するという自己暗示をかける。

人間の精神という、いまだに未知の領域がほとんどの学問であるため、まだまだ完全なものとはいえないが、少しでも隊員のメンタル面を守るために導入されている。

「でも、彼はそういう仕事面でのメンタルケアが自分の過去に及ばなきゃいけないとは、あまり考えてないみたいだね」

遠藤の内面を神宮寺よりもはるかによく知った口調で、篠口は言う。

避けられ、嫌われてきて、遠藤の外見と憎まれ口ぐらいしかほとんど知らない神宮寺に、まるでその親密さを見せつけるかのように篠口は優しく整った顔に笑みを浮かべる。

「神宮寺君、眉間《みけん》に皺《しわ》が寄ってるよ」

神宮寺は隠していた反感をそれ以上読み取られないよう、目の前の男から視線を逸らした。

「…すみません」

「刹那《せつな》主義でしょ、彼」

何もかも知り尽くした、神宮寺が抱いている反感すらとっくに見通しているような声で、篠口は語る。

篠口が口にする『彼』という第三人称が、今はむやみと癇《かん》に障る。苦さを通り越して、自分のこの男への感情はすでに苛立ちや憤《いきどお》りに近いものになりかけているらしい。

「被害者意識、犯罪者意識についてはちゃんと話せるのに、恋愛のことを話させると、すぐにフィジカルな方へ話をスライドさせてしまう。気持ちいいか、よくないか、それしか彼の口から出てこない。猥談《わいだん》は出来ても、恋愛談は出来ないいんだよね。無意識のうちに、自分の精神的な深みから目を逸らしてしまってるんじゃないかな？」

「…俺には、よくわかりません」

「よくわからないのに、強引にキスは仕掛けるんだ？」

明らかに挑発的な声で、篠口は言った。

「それじゃ、身体目的で風俗に行った遠藤君とどう違うの？」

しばらく黙り込んだあと、神宮寺はほとんどヤケに近い思いで肯定した。

「…同じなのかもしれません」

おそらく頭脳の明晰さでは遠藤以上の、神宮寺などとても太刀打ちできないだろう男に、それ以上うまく反論が出来ず、神宮寺はこの場を立ち去りたくなる。

とにかく、この男と話していたくなかった。

それでも、逃げ出したと思われるのが癪《しゃく》で、神宮寺はほとんど意地で篠口の横に座っていた。

「強いよね、彼」

篠口はそこだけ甘やかすように目を細めた。

ああ、この目だ…、と神宮寺は思った。無用に篠口に反感を持ってしまっていたのは、篠口が遠藤に向けるこの甘やかすような目に反発を覚えていたせいだ。

「恋愛感情を麻痺させてしまっても、それでも自分で立っていようとする。前へ歩いて行こうとする。

歯を食いしばってでも、顔を上げようとする」

だから…、と篠口は言った。

「だから、とても魅せられる」

ライバル宣言なのか、挑発なのか…、脚を組み替えた神宮寺は、篠口の横ですでに空になったコーヒーの缶を無言で小さく揺らし続ける。

「きらきらしてるんだ。内側では深手を負ってるくせに、生命力に溢《あふ》れてきらきらしてる」

だから何だ、どうして俺にそれをわざわざ聞かせるのだと思いながら、神宮寺は口を開いた。

「篠口さんが知ってるのは、最近の遠藤さんなんじゃないですか？」

「だね」

篠口は洗練されてやさしい、しかし挑発的な笑みを浮かべる。

「自力で立ち上がってきた遠藤さんだけ見て、きらきらしてる…、そう思ってらっしゃるだけじゃないんですか？」

突っ張っているだけだとわかっていつつも、神宮寺は言わずにはいられなかった。

「君はSATの頃から知ってるんだっけ？　遠藤君にはえらく嫌われてたみたいだけど」

思ってる以上にいいタマじゃないか、この男と思いながら、神宮寺は篠口相手だと疲れると言った宮津を思い出す。おそらく宮津のことなので、本能的に天敵を警戒し、避けているだけなのだろうが、正解だ。

会話だけでこんなに精神力が必要だというなら、神宮寺だって寄りつきたくない。さっきから的確に、突かれたくない部分ばかり抉《えぐ》ってくる。

「よく思われていなかったことは知っています」

「不器用だね、本当に君。まっすぐすぎて、うらやましいよ」

篠口は喉の奥で笑う。

神宮寺はあてつけに長い溜息をつくと、篠口から顔を背けた。反感が表に出ないようにと思っていたが、篠口の方から挑発してくるのだから、もうどう思われようがかまわない。

「遠藤君みたいにきらきらした存在、しばらく見たことがなかった。自分にももう一度、恋が出来るんじゃないかと思った」

「他にも前に、きらきらした誰かがいたんですか？」

神宮寺は大人げを捨てて、素っ気ない声で棘《とげ》を向ける。

うん、と篠口は頷いた。

「死んだ僕の同僚」

神宮寺は一瞬、口をつぐむ。

以前に遠藤が関口に聞いたという、通り魔に刺されて殉死したという同僚のことだろう。

どうして自分などに…と思う一方で、なぜだかよくわからないが、篠口も誰かに告白することで許されたいのだろうかとも神宮寺は思った。

許されたいという観念が、この男にあてはまるかどうかはわからないが…。

「どうして世の中、裁きを逃れることが許される人間がいるんだろうね」

まだまだ折り合いをつけかねているような声で、小さく篠口は呟いた。神宮寺に聞かせるというよりも、むしろ、半ばは自分に対して呟いているようでもあった。

加害者は通院歴があったために刑事責任を問われなかったと聞いた。そのことを言っているのだろう。そして、そのことをずっと考え続けているのか…。

神宮寺は篠口の隣で、黙って空き缶を揺らし続けた。

遠藤もそうだが、篠口も大人びた知的な顔の裏側に、ずいぶん深い闇《やみ》を抱えて生きているようだった。

Ⅱ

豊原彬が自宅前で拉致されたとの一報が地元警察から入ったのは、夜の九時前のことだった。

犬の散歩帰りを狙っての、自宅とは目と鼻の先での拉致だったらしい。犬だけが家に戻ってきたことに驚いて外に出た夫人に、近所の住人が急ブレーキの音と数人の男が争うような音がしたと知らせたという。

慌ただしく召集を掛けられた特殊犯の技術支援部員が現地に向かう間もなく、続いて、早々に犯人側からの脅迫電話が豊原家に入っていた。

地下鉄K駅のコインロッカーの裏側の要求書を見ろというものだった。

「呆れるような大ポカやった前回とは違って、今回はずいぶん準備がいいんですね」

捜査本部となる会議室の設営をしながら、遠藤はぼやく。

執念深さに呆れるというのか、考えられないようなリスクをあえて冒すマヌケさに呆れるというのか、事件に対する緊迫感もあるにはあるが、同時に計画性があるのかないのかわからない犯人側の不思議さには首をかしげたくなる。

思考的に柔軟性に欠けるのか、客観的に自分達を見る視点を欠いているのか、もっと別の粘着性なものなのか。

「釈放要求者リストだ。いずれも、過去に過激な暴力抗争やテロ事件を起こして、現在服役中の極左暴力集団の特定派閥とされている者ばかりだ。先日、中谷を誘拐したという伊崎がいた組織の連中だな」

生方の指示で、今回駅のロッカーの裏に貼りつけられていたという要求書のコピーを田所が配る。それを受け取りながら、かつて機動隊にいた宮津が呆れ声を出した。

「今日日、過激派の釈放ってありですか？　安保やってた頃ならとにかく、時代錯誤も甚だしいな」

「攪乱《かくらん》かもしれませんよ。こっちに『それはないだろ？』って思わせといて、他にやりたいことあるとか。本命はこっちの身代金三億じゃないですか。額が上増しされてないのは、評価すべきなのかどうかはわからないですけど」

遠藤がリストの脇に書き添えられた身代金額に目を落としながら言うのに、生方はホワイトボードの前で答える。

「確かにフェイクの線もあるかもな。実際にメンバーが過激思想を持つセクト主義な連中か、あるいはそれをダミーとして別の目的があるのか。二つの可能性を念頭に置くべきだろう」

「怨恨じゃないですか。この期に及んで多大なリスクを冒してまで豊原を狙うなんて、執拗《しつよう》すぎる」

遠藤が並べなおしたばかりの席につきながら、谷崎が首をひねる。

「粘着質っていうのか、過激派ってある種のカルトみたいなもんですからね」

あいつらの主張は何回聞かされても、わけがわからんわ、と過激な抗議運動の際には、治安警備に駆り出されていたこともある宮津はぼやく。

そこへ管理官の羽島が、相変わらずのせかせかした歩き方で入ってくる。

「神宮寺君、発信元についてわかったか？」

せっかちな性分のままに、羽島は前置きもなく神宮寺に話を振った。

「はい、ガイシャ宅の着信履歴から、使用されていた番号はS社のプリペイド式携帯、利用者は中国籍の王洪宝《オウコウホウ》、身分証明に中国籍のパスポートと観光ビザが利用されていますが、ここ数ヶ月の入国履歴を照合したところ、該当者なしで偽造パスポートの可能性が高いです」

入国管理局に該当番号を照合していた神宮寺が告げた。

「発信場所については、現在特定中です」

そこへ先日から捜査にあたっていた特命捜査係のメンバーが、資料などを手に慌ただしく会議室に入ってきた。

「こんな要求書などを用意しているぐらいなので、早々に向こう側から連絡を取ってくることだろう。ホシとの交渉には谷崎君にあたってもらう」

「了解しました」

谷崎が立って小さく頭を下げるのに、羽島は性急に続ける。

「釈放要求には応えられない。しかし、金は用意する、その線でいく。ダミーの金を用意するが、とりあえずは金を工面するのに時間がかかるといって、とにかく電話を引き延ばせ。ガイシャの無事を確認させろと要求することも忘れるな。ガイシャと捜査員の人質交換もあわせて要求」

特命捜査係の係長が首をひねる。

「三億なんて、誰に用意させるつもりなんですかね？　普通に考えれば、国会議員でもないただの市会議員に三億も出す余裕がないことぐらいわかりますが。土建業や不動産業上がりっていうならとにかく、ガイシャはかなり質素に過ごしていることぐらい、こっちだってわかる。家だって、広いが古い。それぐらい、見たらわかりそうなもんだ」

「信じるかどうかはとにかく、中谷は家にも会社にも金がないことを言って釈放してもらったって話でしたが…、政治家に限っては金を持ってるはずだと思いこんでるとか？」

聞きこみにあたっていた他の刑事も眉を寄せる。

生方もわずかに眉を寄せた。

「そんな筋道だった考え方が出来る相手じゃないとか…」

谷崎が困惑したような顔で生方を見上げる。

「筋が通らないって、そういうのが一番困るんですけど。質悪いなぁ」

生方は返事のかわりに、何事にもどっしり落ち着いたこの男には珍しく、小さく肩をすくめてみせた。

Ⅲ

事件発生から三日目の朝、犯人から五回の電話があった。谷崎が豊原の秘書を装い、巧妙な声音を使って、まだ金を工面中だと答える。

谷崎の説得にもかかわらず、電話口での豊原本人の無事確認はまだ出来ていない。豊原の居所を特定できない捜査本部には、時間の経過にじわじわと焦りが出てきはじめていたが、同様に犯人側もかなり焦れてきているようだった。

中国人については不明だが、日本人メンバーについては、公安からの回答などにより、グループ内で伊崎と親しかった大竹《おおたけ》、松本《まつもと》という二人の容疑者が捜査線上に浮かんでいた。

捜査本部では羽島がホワイトボードを前に、捜査員らに経過と捜査点を説明する。

「ホシは発信元を特定されることを怖れて、今のところ、渋谷《しぶや》、練馬、多摩川《たまがわ》などと、場所を変えて電話をかけてきている。一貫して要求してくるのは、メンバー釈放と金だ。仲間の中国人に関しては、メンバー釈放についてはまったく興味がないだろうから、資金繰りに困った伊崎らが、通訳役の中国人を介して、若くて一攫千金を狙っている不法入国の中国人に話を持ちかけた線が、今のところは濃厚とみられ…」

羽島の説明途中、内線を受けた田所が声を上げた。

「管理官、現在、大久保《おおくぼ》のマンションの一室で発砲事件発生、一一〇番に片言を話す外国人から救急車を寄越してくれという要請があったそうです」

羽島は顎をしゃくって、性急に先を促す。

「かけつけた署員によると、すでに中国人一名が死亡。日本人が仲間の中国人に深手を負わされているようで、署員に対して中から別の者が発砲。トヨハラを殺すぞ、これ以上近寄るなと、言っているそうです」

「トヨハラ、まさにそれだ」

羽島と生方が、驚きとも呆れともつかない顔を見合わせる。

「仲間割れ…ですか？」

生方が呆れたように呟くのに、羽島も顔をしかめた。

「もともと割れる要素なんて、いくらでもある連中だからね」

羽島はいったん首をひねったが、すぐに気を取り直したように叫ぶ。

「よし、居場所が割れたのはラッキーだ！　直ちに現場近くに本部移動。待機中の機動捜査員に指示を出せ！　ホシは銃を所有！　新宿《しんじゅく》署に応援要請！　突入班用意！」

「了解！」

捜査本部内は一気に慌ただしい雰囲気となった。


パトカーに囲まれた大久保駅近い現場は、緊迫した雰囲気に包まれていた。

赤色灯の回転する中、警察官が集まってきた野次馬を立ち入り制限区域に入れないようにしているため、昼下がりの喧噪《けんそう》の中でその一角だけが浮き上がるように静まりかえっている。

低空飛行を繰り返すマスコミの報道ヘリの音ばかりが大きく響く。

「うるさいな、あいつら。まとめて墜落でもすればいいのに」

十年前に同じように無遠慮に大挙して押し寄せた記者連中に、心ない質問をいくつも投げかけられた遠藤が、ポリカーボネート製の防弾楯に腕を引っ掛け、妙に乾いた声で呟く。

その感情を欠いた声に神宮寺は思わず顔を上げ、その顔をまじまじと見てしまう。

プロペラの音がうるさいのは確かだ。うるさいのを通り越して、正直、邪魔ですらある。しかも下手に中継されると、今から突入作戦を行うこちら側の動きがすべて犯人側にテレビ画面を通して知れてしまうこととなる。

上空では警視庁のヘリが高度を保って旋回し、ある一定以上からマスコミの報道ヘリが近寄らないように警戒しているが、望遠レンズを使われると動きが丸写しとなってしまう。さっきからの無線を通した指示も、バリバリと響くプロペラ音で聞き取りづらい。

だが、遠藤の声にはそれ以上の冷ややかな感情が、ちらりと覗いたような気がした。

しかし、遠藤は今ぼそりと洩らした言葉など忘れたような顔で、向かい側のビルから犯人らが立てこもっている部屋の玄関とベランダ側の二箇所を映し出す、技術支援チームの設置したカメラを覗き込んでいる。

神宮寺は遠藤と共に、後ろにPOLICEと白く染め抜かれた紺のボディアーマーとヘルメットに身を包み、不動産屋から提供された部屋の間取り図を手に、マンションの屋上に立っていた。

前では応援にやってきた特殊犯捜査第一係の二人が、ヘリの音をものともせず、黙々と降下ロープの設置をしている。

マンション廊下の玄関前には、田所や宮津を含めた四人の特殊犯捜査員が待機しており、向かいのマンションの屋上には、すでに狙撃銃《ライフル》を手にした平と篠口の他、機動隊から応援にやってきた狙撃手三名が銃を構え、玄関を狙っていた。ベランダ側の斜め向かいに位置するマンションの屋上にも、機動隊の狙撃手が数名配備されているのが見える。

ここからは見えないが、非常階段にはすでに応援の機動捜査員や捜査一課の刑事らが潜んでいるはずだ。

応援の新宿署員や機動隊などを含め、周辺には二百人近い警察官が動員されている。

今頃、谷崎が説得の電話をかけているのだろうが、突入の命令が下り次第、神宮寺と遠藤の二人は降下ロープでマンション四階の部屋に飛び込む手はずになっていた。

住人に対して避難命令の出たマンション内で、時折、中から中国語の罵声《ばせい》と日本語の怒号《どごう》が聞こえる。互いに何か罵り合っているらしい。

「あいつら、喧嘩《けんか》してる場合かよ」

ヘルメットのバイザーを跳ね上げた遠藤は、溜息をつく。

「内ゲバは十八番《おはこ》なのかよ。四十年も前から進歩ねぇな」

自分達の生前、過去のニュースとしてしか知らない過激派左翼内闘争を、まだ引きずっているのかと呆れているらしい。

しかし、遠藤や神宮寺にとっては過去のニュースだが、取り締まりにあたる公安や機動隊にとっては、一部はいまだに監視対象でもある。解散してもこうして事件を起こされれば、SIT内にいる遠藤や神宮寺も他人事ではいられない。

「投降の可能性はありますかね？」

「ねぇだろ。仲間割れして死人まで出てるんだから。どっちかが引いても、どっちかが撃ってくる。最悪なパターンだな。絶対に発砲してくるから、窓割る時、気をつけろよ」

レースのカーテンが半ば開いたベランダを移すカメラと、マンション前の狭い通りを交互に見下ろしながら、爆音と閃光《せんこう》とで一時的に聴覚と視覚を奪う特殊閃光弾《スタングレネード》を手にした遠藤は淡々と指示する。

縦長で狭い廊下を持つ玄関側から一気に多人数の捜査員の突入は不可能なため、同時にベランダの掃き出し窓をたたき割っての突入路確保が命じられているが、こんな白昼堂々ベランダ側に降りるのは、かなり危険度が高い。

先に宮津らが廊下側からチェーンソーや特殊ハンマーを使ってドアを破り、そちらに犯人側が気を取られている間にベランダ側から侵入する手はずだが、絶対的に安全とは言えなかった。

「ちゃんと守りますから」

神宮寺は低く呟く。

「は？」

いつもほど邪険ではなかったが、遠藤は眉を寄せ、鋭い目を向けてくる。人より少し濃い色の、印象的な瞳《ひとみ》がまっすぐに向けられると、神宮寺はわずかに口許をゆるめた。

「あんたの背中守りますから、まずはガイシャ確保に走ってください」

憎まれ口でも返ってくるかと思ったが、一瞬、鋭い目で神宮寺を眺めたあと、遠藤はふっと目をやわらげた。

「SAT制圧班の班長が、俺の背中についてくれてるっていうなら、怖いもんはねーな」

「だから…、いつ死んでもいいとか言わないでください」

ああ、あれか…、と前に自分が洩らした言葉を思い出したのか、遠藤は握り拳《こぶし》でとんと軽く神宮寺の胸のあたりを突いた。

「死なねーよ」

遠藤は笑った。

「俺はそんなにヤワじゃない」

それに…、遠藤はつけ足す。

「俺だって死ぬのは怖いしな」

遠藤の言葉の直後に、再度、弾けるような発砲音が響いた。

瞬《また》く間に緊張が走る。

降下ロープを設置した捜査員が、無言のまま、アクションで屋上ギリギリの場所へと招く。

神宮寺は遠藤のジェスチャーに従い、屋上の白いフェンスを乗り越えた。続いて遠藤がとんと軽い動作でフェンスを越えてくる。思わず目を奪われるような、しなやかな動きだった。

無線から生方の声が響く。

『遠藤班、突入用意！』

神宮寺は降下ロープを手に取り、数度強く引いて強度を確認する。

ヘルメットのバイザーをおろした神宮寺を確認すると、遠藤はワイヤレスマイクに低く答える。

「突入準備完了」

階下で宮津らが突入を図っているらしき、チェーンソーの甲高い音が響いた。

『突入！』

生方の声と共に、神宮寺はロープを手に屋上のコンクリ屋根を蹴った。

感覚が研ぎ澄まされているせいか、すべての動きがいつもよりゆっくりに見えた。

ベランダに降り立つと、玄関ドアを破った宮津らに向かって、男が仁王立ちになって発砲していた。古い型の二十二口径ライフルだった。あんなもので至近距離から撃たれたら致命傷、下手をすれば即死だと思いつつ、神宮寺は手にした小型ハンマーで窓を数ヶ所割り、一気に蹴破った。

男が驚いた顔で振り返るのと、神宮寺に続いて降下してきた遠藤が割れたガラスの間から、特殊閃光弾を投げ入れるのがほとんど同時だった。

銃撃を避けるために遠藤が横へ転がるのを、さらに抱えるようにしてベランダの死角へ伏せる。

それと同時に、爆音を伴う白い閃光が部屋の内部から炸裂するのが見えた。

「よしっ!」

隣室のベランダから身を乗り出し、応援の一係の刑事が激励と共に小型の防弾楯を差し入れてくる。

それをつかみ、遠藤に手渡すと、腕の中から弾けるように細身の身体が躍り出てゆく。

続いて手渡された普通サイズの防弾楯を手に遠藤の背中を追うと、遠藤が閃光弾の衝撃で呆然《ぼうぜん》と座り込んだ男の手からライフル銃を奪い、肘《ひじ》と当て身で壁に打ちつけるのが見えた。踊るように艶《あで》やかに、しなやかな身体がシャープな軌跡を描いてゆく。

神宮寺は防弾楯を用いて男の身体をさらに床に強く叩《たた》きつけて伏せさせると、窓からベランダを乗り越えて入ってきた捜査員があとを引き受けてくれる。

さらに遠藤のあとを追うと、ドアの内側に潜む相手に備えて、いったん廊下のドアの手前で身を伏せる。神宮寺は遠藤を庇《かば》うように、ドンッと手にしていたポリカ製の防弾楯をその身体の前に立てた。

その瞬間だった。いきなりものも言わず、遠藤のいるあたりに向かって、ドアの内側から大ぶりのミリタリーナイフが突き出されてきた。

ガツッ、と重く鈍い衝撃があるのを、神宮寺はなんとか片腕で支えきる。腕にかかる衝撃の強さと死角からの素早い動き。相当の使い手だと思った。まともに食らえば、遠藤は間違いなく喉笛《のどぶえ》を引き裂かれていた。

防弾楯に阻まれて姿勢を崩した相手を狙い、いったん身を屈めた遠藤は、楯の陰から滑るように身を躍らせた。

紺の突入服《アサルトスーツ》をまとった脚が凄まじいスピードで円を描き、ナイフを手にしていた相手の頸部《けいぶ》にヒットする。

大柄な男は何が起こったかもわからないのか、目を見開いたまま、床に崩れ落ちた。息を呑むような速攻だった。

その遠藤の向こうに、両手両足を拘束された男が転がされているのが見える。両目と口を粘着テープで塞がれているが、豊原議員だった。

「遠藤さん！」

床に倒れた男を手にした楯で押さえつけながら、神宮寺は声を上げる。

遠藤は防弾楯で豊原を庇うようにその脇に身を屈め、首筋に手をあてて脈を確認すると叫んだ。

「ガイシャ確保！」

わらわらと捜査員らが突入を図ってくる。

「ガイシャ確保！」

遠藤の声に呼応して、突入してきた捜査員らの間で声が上がった。

「ホシ全員確保！」

奥の部屋でも声が上がる。

「ホシに死者一名！　負傷者一名！」

『よくやった、救急隊員を向かわせる』

生方の落ち着いた声が、無線の向こうから聞こえてきた。


犯行主犯はかつてのメンバー釈放を狙う松本と伊崎で、リーダー格が松本だった。仲間を釈放させて再び革命を目指していたというが、今回の事件を起こした動機には二人とも手に職がなく、根っこのところでは金銭的に困窮していたというのがあるようだった。

突入時、すでに仲間内での発砲で死亡していたのは、福建省出身で不法入国者の江《コウ》という男だった。執拗にメンバー釈放にこだわる松本と江の間で口論となり、ミリタリーナイフを振りまわした江に対し、パニックを起こした伊崎が発砲したのだという。

それに逆上した朱《シュ》が伊崎に深手を負わせ、メンバーの行動があのように支離滅裂な事態になったらしい。ちなみに遠藤を狙ったのもこの朱で、中国でも何人となく人を手に掛けてきた男だった。

四人を引き合わせたのは、松本と顔見知りだった中国人留学生崩れの習《シュウ》で、日本語にそこそこ堪能なものの、今は留学ビザが切れて不法滞在中の身だった。

今のところの取り調べでは、豊原議員にこだわったのは、豊原の打ち出している保守的活動に抗議を行った際、逆にこれまでの運動について咎《とが》められ、普通に勤め人として働くことを勧められたのが、抗議運動への侮辱と不当圧力だと感じたためだという。

「確かにあの歳まで無職だった人間から見たら、逆恨みに近い怨恨も確かに根拠のひとつでしょうけど…」

生方から特命捜査係での取り調べ状況を聞いて、そう言ったのは篠口だった。

「これ、もっとバックに何かあるんじゃないですかね？」

「単に腕の立つ中国人を金で釣ったとか、そういうわけではないってことか？」

谷崎が尋ねる。

「直接に取り調べしたわけじゃないですから、はっきりとは言い切れないんですが…」

「一応、羽島管理官に報告しておこう。外国人犯罪も絡むから、組対《そたい》も絡んでくるだろうし」

生方は重みのある声で答える。組対は組織犯罪対策部の略称で、近年急増している外国人犯罪を担当する。事件が今回のように複数の部署にまたがると、事件が進捗する場合と、逆に縄張り争いのようになって硬直化する場合とがある。

「公安も出てくるでしょうから」

谷崎は微妙に苦笑した。ひとつひとつ事件と向き合い、解決していかなければならない刑事らとは異なり、公安は蓄積するデータベースの一種として事件を捉えようとする。その上、公安では自分達の収集した情報を秘匿したがるため、これはこれで他部署と利害が対立しがちだった。

生方は何とも言わず、ただ微妙に肩だけをすくめて見せた。

監禁中、松本らに自己批判を要求された豊原議員も衰弱は激しかったが、命に別状なく、数日間入院したあと、自宅に戻っている。

突入を行った捜査員では、四十二になる真崎《しんざき》が松本の撃ったライフルの跳弾が脛《すね》部分にあたり、全治一ヶ月の怪我《けが》となっていた。

ちなみに神宮寺が古い形の二十二型ライフルと見て取ったのは、かつて松本らが銃砲店を襲撃して奪い、逮捕されたメンバーが海にバラして捨てたと供述していたはずの最後の一丁だったという。

松本らの銃砲店襲撃は昭和四十六年、遠藤や神宮寺が生まれる前の事件だった。

Ⅳ

「遠藤さん」

寮の玄関を入ったところで、神宮寺は風呂から出てきたばかりらしい濡れ髪の遠藤に声をかけた。

「あれ？」

風呂道具一式を小脇に抱え、襟口の広いカットソーとジーンズというラフな格好の遠藤は、一瞬、驚いたような顔を見せる。

「お前、今日、宮津さんと一緒にコンパじゃなかったか？」

俺は誘われてないけど、と遠藤は悪戯っぽく目を細める。

突入の際に防御楯で朱のナイフから遠藤を守ったことが、ずいぶん神宮寺の株を上げたらしい。

多分、言葉だけではここまで気を許されることはなかったと思う。共に修羅場をくぐり抜けたからこそ、信頼に足る動きが出来たからこそ、やっと評価してもらえたのだろう。

「いえ、一次会終わったんで、そろそろ空気読んで抜けとかないとと思って」

ああ、と遠藤は真顔となる。

「空気読むなら、そこで帰っとかなきゃいけないのか？　どうりで俺、宮津さんに空気読まないって言われるわけだ」

驚きどころはそこなのかと、神宮寺は軽い脱力感を覚える。

「いや、俺、本命いますし」

「ふーん、もったいないことしたな」

半ばヤケ気味に呟くと、とぼけているのか、本気でわかっていないのか、遠藤は神宮寺と肩を並べて階段を上がる。

「何だったら、部屋飲みするか？　この間、根岸《ねぎし》や佐々木《ささき》と飲んだ時に余った酎ハイぐらいなら、あるけど」

この人、わかってるのかなどと思っていたため、遠藤から飲みに誘われているのだと理解するのが、ワンテンポ遅れた。

「あ…、はい、行きます。それとも、俺の部屋に来られますか？」

「じゃあ、お前の部屋。うち、すぐに宮津さん乱入してくるし。まぁ、今はいないけど、二次会で失敗したってクダ巻かれるのも面倒だし」

それは二人きりでの飲みを邪魔されたくないという意味に取ってもいいのだろうかと、今さらながら神宮寺は舞い上がって動揺する。

そして、遠藤のことなら、単に絡まれるのがめんどくさいと思ってのことだろうと、自戒した。

「俺、いくらか買い足してきます。ツマミとかも」

「そんな気合い入れて買わなくてもいいぜ。じゃあ、十五分後ぐらいに行くわ」

からまわった神宮寺の下心を見透かしたかのように薄く笑い、遠藤はひょいひょいっと身軽に階段を上がって三階の部屋へ行ってしまう。

「何か、ずいぶん張り込んだんだな、お前」

十五分後、神宮寺の部屋に髪を少し乾かして現れた遠藤は、神宮寺が近場のコンビニで調達してきたオシャレ系のカクテルハイやチーズ、サラミ、チョコレートといったつまみに呆れ顔を見せた。

確かに我ながら呆れる。ビールは迷って、結局、二種類のビールを買った。

「田所に行かせたら、チーズたらやスルメ、ポテチだぜ。選ぶ奴が選ぶと、こうなるのかね」

へぇ…、などと遠藤は、最後に神宮寺がささやかな下心混じりで張り込んだシングルモルトウィスキーを袋から取り出す。所詮コンビニなのでハーフサイズだが、まぁ、二人してじっくり飲めればなどと思ったのは確かだ。

「おお、シングルモルト！」

すげー、すげー、と遠藤はゲラゲラ笑う。

「部屋飲みやるって言って、こんなの買ってきた奴初めて。振られてヤケ酒とかだと、たまに誰かが秘蔵してたヤツ出してくることはあるけどよ。いや、これから行こう、これから」

「いや、のっけからはマズいでしょ？　あんた、だいたい最初に飛ばすし。そんなに強くないんだから、最初はビールか酎ハイにしといてください」

思わず腕を押さえたら、遠藤は目を細めて楽しそうに笑った。

「へぇ、お前、色々知ってんのなぁ。俺、本当に嫌われてると思ってたから、お前のこと何も知らないよ」

知らないというより、興味がなかったのではと思ったが、床の上にぺたんと腰を下ろし、目を細める遠藤を見たら、そんなことはどうでもよくなった。

今から少しでも知ろうと思ってくれたのなら、それで嬉しい。

神宮寺はビール、遠藤はカクテルハイで乾杯と缶同士をぶつけたあと、遠藤はゆっくりと部屋の中を見まわす。

「やっぱ、ちゃんと片付いてんな。何か、部屋までクールっていうのか、ストイックっぽいっていうのか。いや、こういう先入観ってマズいのか？」

遠藤はチョコレートに手を伸ばしながら尋ねる。

「別にクールっていうこともないです。あんまりセンスに自信がないんで、無難なのを選んでたらこういう部屋になってるんです。味気ないなとは思うんですけど」

「味気ないか？　俺はこういう風にしてみたいぞ、自分の部屋。これか、ベッドまわりをまず濃紺でまとめてみればいいのか？」

さほど真剣な様子もなく、遠藤はベッドにもたせかけた背中を反らせ、ごろごろとシーツの上を転がる。

「匂いつけ…ですか？」

あまりに子供っぽい動きに、何をやっているのだと神宮寺は呆れ声を出す。

「おお、マーキング？　マーキング、マーキング」

この人、俺にキスされたこと忘れたのかね、と神宮寺はシーツの上でケラケラ無邪気に笑っている遠藤を諦め気分で眺める。

キスしたといっても、本気で遠藤に抵抗されれば、神宮寺だってとても行為には及べない。及べないどころか、下手すれば瀕死《ひんし》の目にあわされるのが怖いところでもあるが、この様子では、こうして二人で飲みなどしてくれても、当分、色っぽい雰囲気には持ち込めそうにない。

はたして、遠藤の方に持ち込ませようという気があるかどうかはしらないが…。

そういえばさぁ…、と遠藤は無造作に投げ出していた脚を重ね直す。

デニムに包まれた脚は、意外にすんなりしている。あれだけシャープになめらかに動くのに、よけいな筋肉はいっさいついていないのが不思議だ。キレと柔軟性のある動きは、しなやかに絞り込まれた筋肉のせいかと、神宮寺は一瞬、目を取られる。

「お前、やっぱ、動体視力すごいな」

「動体視力？」

「この間、ちゃんと俺の動き、全部正確に把握してただろ？」

「ああ、それのことですか。すっごい動きしてましたよね。つい目を取られたっていうか。まぁ、でも、守るっていった以上はちゃんと責任取らないと」

「すげぇ、口説きだな」

遠藤は陽気に茶化す。

「あ、いや、すみません、そんなつもりじゃなくて…」

むしろ、さっきの本命がいると言った時の方が、その気を仄《ほの》めかしたつもりだったのだが…、と神宮寺は口許を押さえる。

「でもさ、あれはけっこう来たぜ。カッコいーの。ベランダで横飛びした時に、ガッて後ろから抱え込んで下に庇ってくれたり、あの楯を俺の前に立ててくれた時とかさぁ。そういえば、朱だっけ？　あいつにやられたの、大丈夫だったか？　あいつ、かなりの使い手だったみたいだから、腕、けっこうキタだろ」

「ああ、それは。ちょっと打ち身っていうか、次の日は痺《しび》れありましたけど、今は別に」

何でもないと、神宮寺はあの時、ナイフの攻撃を受けきった左腕を撫《な》でる。あの厚みのある刃《やいば》が遠藤にあたっていたらと思うと、本当にゾッとする。それを思うと、翌日の痺れなど何でも無い。

ふうん…、と遠藤は満足そうに鼻を鳴らし、カシス風味のカクテルハイを舐めた。

「なぁ、お前ってエッチうまいの？」

「はい？」

唐突に何を言い出すのだと呆気《あっけ》にとられる神宮寺に、遠藤は笑う。

「はっはぁ、マヌケな顔。普段はカッコいいくせに」

「…何言ってんですか、あんた」

「いやさぁ、経験多いんだったらうまいのかなぁと思って。前に宮津さんは、イケメンはテクがなくても、勝手に女の子が興奮してくれるから、本人はテク磨かないんだよって言ってたんだよ。モテない男は、そっち関係で色々研究しなくっちゃいけないんだって、ハウツー本みたいなの買って読んでたし。まぁ、半分はスケベ心だろうけどよ」

「ハウツー本…」

「あ、お前、そういうの読んだことある？」

「…ないわけじゃないですけど」

「あるんだ」

何だ、このデリカシーのかけらもない会話は…、と神宮寺は遠藤を上目遣いに見る。

そういう人間だとはわかっているが…、わかってはいるが、この人は自分が好きだと打ち明けた気持ちをちゃんと理解しているのだろうか。

「下手よりはうまい方がいいでしょうから。まぁ、少しぐらいは…」

相手が遠藤では仕方がないともいえるが、本当に色気の『い』の字すらない。

「いや、まぁ、俺も宮津さんの買った本、ちょっとばかし見せてもらったけど」

だって、男の子だもん…、などと遠藤はへらりと笑ってみせる。

「知識と実地とは、また違いますよ」

「へぇ、経験豊富な奴は、やっぱり言うことが違うな」

遠藤は唇の片端を吊り上げて笑うと、ふいと神宮寺の方へ身を寄せてきた。

「じゃあさ、一度ヤってみるか？」

少し高めの遠藤の体温が、いつにない近さまで寄ってくる。

話す内容に色気がなくても、ややきつい印象の目を細め、顎をわずかに上げるようにすると、妙に挑発的な表情になる。惚れた弱みで、その挑発的な瞳を色っぽいと思ってしまう。

「ヤってみるかって…」

ごくりと喉が鳴るのを聞かれないよう、目の色を変えたと思われないよう、神宮寺は極めて平静を装う。

「野暮《やぼ》言うなよ、ヤるって言ったらアレに決まってんだろ。それとも、俺とセックスするかってはっきり言ってほしいのか」

遠藤は床に座った神宮寺の肩に両手をつくと、ひょいと片脚で膝に乗り上げるようにしてくる。あのバイクで二人乗りをした際、遠藤に脚で腰のあたりを挟まれ、ダイレクトにきた時の感覚が蘇る。

薄く笑った口許から、ちらりとピンク色の薄い舌先が覗いた。

普段、色気のかけらもないくせに、どうしてこんな挑発をする時だけ、無用にツボを突いてくるのだと、神宮寺は恨めしい思いで目の前の細身の男を見上げた。

「ヤるのかよ、ヤらねぇのかよ」

「…ヤリます」

こんな誘い方あるかと、神宮寺は半ば捨て鉢な気分になって呟く。

しかも、こうも露骨に神宮寺の足許を見た誘いに、うまうまと乗ってしまおうとする自分の浅はかさも嘆かわしい。嘆かわしいが、ここで乗っておかないと、このあとたっぷり片思いしていた期間分は後悔するのは目に見えている。

神宮寺は、目の前で挑発的な笑みを見せる男に告げた。

「ヤリますけど、ヤってから泣かないでくださいよ」

「何？　お前、そんな自信あるの？」

遠藤は、へぇ…と片目を細めた。持ち前の負けん気を刺激してしまったらしい。

「自信っていうか…、やるからには遠藤さんだって気持ちいい方がいいんでしょう？」

「まぁ、そりゃあね」

遠藤は一度、神宮寺の膝から下りると、立ち上がっていって勝手に部屋の鍵《かぎ》を閉めてくる。そして、鼻歌混じりにシャツを頭から抜き、かたわらへ脱ぎ捨てた。

細身だが、きれいに筋肉ののったしなやかな身体が露《あら》わになる。淡く柔らかなピンクベージュの乳《にゅう》暈《うん》、無駄な肉のない引き締まった腹部のラインなどは、ちょっと目が離せなくなるぐらいに刺激的だった。

食欲もそうだが、何でそんなところだけ妙に積極的なのかと、神宮寺はやや首をかしげたまま、目の前で楽しげに服を脱いでゆく男を見る。本当に欲望には忠実な男だ。

「脱げよ」

遠藤はわずかに目を眇めて笑うと、色めいた仕種で顎をしゃくった。

「それとも脱がせてやろうか？」

それもありがたいんですけど…、と神宮寺は腰を上げた。

「腕、縛らせてもらってもいいですか？」

「は？」

ここにきて初めて、遠藤は目を見開く。

「何、お前、そんな趣味あるの？」

聞いてねぇ、とこの期に及んで、遠藤は及び腰となって身を引く。

「いや、だって遠藤さんに本気で抵抗されると、俺だって痛い目見ますから」

「痛い目見るじゃねぇだろ？よけろよ、抵抗したら」

「だって、あんたの攻撃力半端ないでしょ。痛い目どころか、こっちがヤバい」

「ヤバいってなぁ、そこを何とかすんのが男だろ？」

「行動前に障害を極力排除するのも、理でしょ？」

「なんでお前、そういうところだけ理詰めになるんだよ」

「精神論で何とかできる問題じゃないですから。あんた、いざとなったら問答無用で急所狙ってくるし、俺だって遠藤さんのスピードで急所直撃されたら、使いもんにならなくなりますよ」

「わかったよ、好きにしろよ、好きに」

くっそーぅ…、と遠藤は呻く。

自分で言い出しただけに、今さらやめると言わないところは、見事なまでに男らしい。

神宮寺はまとっていたシャツを脱ぐと、手早く遠藤の両腕を後ろ手にくくった。

「てめぇ、腕縛ったからって安心するなよ」

どうしてこんなところで無駄に負けん気を発揮するのか、遠藤は神宮寺の目を睨《にら》んでくる。

「脚も縛っていいんですか？」

「調子に乗るな」

睨む遠藤の肩を軽く突く。

遠藤は両腕を後ろ手に縛られたまま、すっとベッドの上にきれいな受け身で腰を落とした。

「だって、遠藤さん、腕以上に脚の攻撃力半端ないっしょ？」

神宮寺は腰を下ろした遠藤の両膝を割るようにして、ベッドに片膝をついた。

「うわ…」

ジーンズの内腿《うちもも》を撫で上げるようにすると、遠藤は小さく息を呑む。

「感度いいですね」

「お前、言葉攻め属性でもあるのかよ」

「これぐらい、普通だと思いますけど」

「ふぅん、俺とは経験値が違うっていうわけか」

睨みつけてくる遠藤に、確かに経験値は違うかもしれないが…と、それなりに遊んでいた自覚のある神宮寺は遠藤の身体をベッドの上にゆっくりと押さえつけてゆく。

「キス…してもいいですか？」

仰向いた顔のかたわらに手をつき尋ねると、遠藤はそれさ…、と呟いた。

「それ、キスしたいっていうのと、セックスしたいっていう欲望とは違うものか？」

また、こんな時にまで小理屈を…、と神宮寺はかすかに笑う。

「違うかな…、違うかもしれません…。たとえばもし、遠藤さんにキスか、セックスかどちらかだけさせてやるって言われたら、俺はキスしたいです」

「じゃあ、セックスはなしにするか？」

遠藤は片頬で笑い、混ぜっ返すように尋ねてくる。

「身体も欲しいけど、まずはあんたにキスしたい…」

そういえば自分は、これまでこんな風に誰かをかき口説いたことはなかったのだと思いながら、神宮寺は熱っぽい言葉を連ねる。

「えらく高く買われたもんだな、俺も。まだまだ捨てたもんじゃねーや…」

目を伏せがちに遠藤が呟きかけたのを、ゆっくりと唇で塞ぐ。

薄い唇は、思っている以上に柔らかい。しかも、この間とは違って、一応遠藤の方も受け入れようとうっすら唇を開いたため、すぐに神宮寺は組み敷いた男とのキスに溺《おぼ》れた。

遠藤の意図がよくわからないが、神宮寺のほうは夢中になる。

遠藤の舌は唇と同じように薄い。なのに触れると、熱っぽくて柔らかい。軽く舌先を絡めるようにすると、触れあわせた粘膜から甘い痺れが走る。

わずかに遠藤が笑ったのがわかる。

普段の色気のなさとは異なる、少し淫靡《いんび》な笑いだった。

侵入を許された口腔《こうこう》をたっぷりと舐め上げる。遠藤の体温が高いため、すでに遠藤の中に入り込んでいるような錯覚を起こす。濡れた口蓋《こうがい》をくすぐるようにすると、遠藤の喉奥が鳴った。

「…は――」

掠れた声が、喘ぐようにささやく。

「お前…、キスうまいのな」

挑発するように立てたデニムの膝で神宮寺の太腿《ふともも》のあたりを撫で上げ、遠藤は目を細めた。

いつもの快楽至上主義から来た誘いなのかもしれないが、それでもこの貴重な機会を逃してたまるかと思う。

「少しはその気に？」

「悪くねーよ」

からかうような目に煽《あお》られて、ほっそりした顎から喉許にかけて指を這わせると、なめらかに乾いた肌の熱と感触が心地よくて、手が離せなくなった。

そのまま、喉許から胸許にかけて撫でる。きれいに薄く胸筋のはりつめた胸に手のひらを押しあてると、ダイレクトに鼓動を感じる。遠藤の印象そのままに、跳ねるようなはっきりした鼓動だった。

これまでどうとも思ったことのなかった他人の鼓動が、愛しく感じられるのだと意識する。

「エロい触り方する――」

喉許を反らし、遠藤はくぐもった声で笑う。

「俺さ、けっこう乳首されんの好きなんだよね」

神宮寺の長い指が触れているせいか、遠藤はとんでもないことを言い出す。

「乳首って…」

かりっと指の腹を引っ掛けるようにすると、淡いピンクベージュの乳暈に半ば埋まるようになっていた小さな乳頭が硬く尖る。かすかに息と眉をつめた遠藤は、脇腹を緊張させた。

「前にソープでさ、女の子が舐めてくれたんだけど、けっこう気持ちいいなって…」

「そういう野暮言うの、やめてくれませんか？」

溜息混じりに呟く神宮寺に、遠藤は不思議そうな顔を作る。

「ここがいいって申告されると萎《な》えるタイプ？」

「そういう意味じゃなくて、俺とこうしてる時に、別の相手と何やったかとか聞かされたくないっていう意味です」

ああ…、と後ろ手に両手をくくられ、神宮寺に組み敷かれた姿のまま、遠藤は納得する。

「悪い、確かにデリカシーに欠けてるかもな」

そして、この場に似合わないほどに無邪気な表情で見上げてくる。

「…ってか、お前、顔に見合わず嫉妬《しっと》深い？」

「…知らなかったけど、そうなのかもしれません。とにかく、頼むから黙ってくれませんか」

神宮寺はさらに溜息をひとつつくと、意趣返しに指先でうっすら色づいた乳頭を抉《くじ》った。

「…んっ」

「あんたがココがいいっていうのは、わかりましたから」

息をつめる遠藤は熱っぽい目を向けてくる。

さっきまでとは、少し雰囲気が違う。

「声出るから…」

掠れた声でささやくと、遠藤は唇を舐め、隣の部屋との壁をちらりと見る。

「…俺さ、けっこう声出るから…」

「ここ、わりに壁薄いですよ。大丈夫ですか？」

神宮寺は目を眇め、遠藤の唇を指先でひと撫でして尋ねる。

「口塞いでもらったほうがいいかも。男の喘ぎとか聞こえたら、さすがにちょっとな…。別にお前とヤるのはいいけど、後輩に尻貸したとかいって妙な噂《うわさ》になるのはごめんだ」

お前とやるのはいい、などと神宮寺にとってはほとんど殺し文句に近い言葉をさらりと口にして、遠藤は目を伏せる。

普段はキス自体にはそんなに執着や興味がないが、遠藤相手にならなら突っ込んでいる間もキスしたい。

しかし、噂になりたくないからやめるなどと言われても困る。

神宮寺はラックから薄手のタオルを取った。

「これ、咥《くわ》えてもらっていいですか？　猿轡《さるぐつわ》は、さすがにどうかと思うんで」

「軽くなら、別に猿轡でもかまわないけどな。自分から噛《か》んでると、夢中になった時に外れそうだ。そっちに気ぃ取られて、集中できないのも嫌だしな」

「夢中になってくれるってんなら、俺としては嬉しいんですけど」

色気があるのか、ないのだかわからない、立て続けの殺し文句にうっすら頬が紅潮してくるのを感じながら、神宮寺は痛みのないように遠藤にタオルを噛ませ、ゆるめの猿轡をする。

「何か、強姦《ごうかん》してるような気になりますけど」

ベッドの上に仰向けになった遠藤が、目で軽く笑うのがわかる。

合意の上だと示すつもりなのか、遠藤は片脚を神宮寺の腰に軽く巻きつけるように引き寄せ、続きを促した。

また、バイクの後ろに遠藤を乗せた時のあの感覚が蘇る。何か衝動的にこみ上げるものがあって、神宮寺は遠藤のこめかみ、鼻先、猿轡をかませた唇に軽く口づけると、その喉許に唇を這わせた。

「…っ」

喉許に唇を押しあてた時にはまだ余裕のある笑いに喉を震わせていた遠藤も、弱いと申告した言葉通り、小さくぷつんと尖った乳頭を口に含むと濡れた吐息と共に背中を反らせた。

「…っ、んっ…」

ゆっくりと舐め上げるようにすると、鼻にかかった吐息が、妙に艶《つや》めいてくる。こんな声も出せる人だとは、思わなかった。

両手を拘束されている分、遠藤は細身の身体をしなやかにくねらせるようにして、胸への愛撫《あいぶ》に耐える。

こんなところがと思うような小さな尖りは、唾液《だえき》に濡れて赤く硬起してくる。

「んんっ…」

指でゆるく揉《も》むようにすると、喘ぐ遠藤の髪がシーツの上でぱさりと音を立てた。細身でも筋力のある身体は、神宮寺の身体の下できれいなアーチ型になる。

欲望に率直な身体は、形を変えはじめたものをデニム越しに、神宮寺の腰のあたりにすりつけてくる。そうされてみて、すでに自分もはっきりと形を変えていることに気づいた。

「…あんた、なんかイヤラしい」

タオルの奥で喘ぐ遠藤の髪を撫で、頰から耳のあたりにかけて口づけると、長い睫毛の影から濡れた目が見上げてくる。

うっすら涙に濡れた目で見上げられ、理性が飛んだ気がした。

「前、キツいでしょ?」

指で小さな乳頭をつまむようにしながら尋ねると、荒い息と共に頷きが返る。余裕のない仕種が愛おしい。

「ジッパー、ゆるめましょうか?」

は…やく…、くぐもった声はほとんど言葉にならないが、遠藤が喉の奥で答えるのが聞こえる。

ファスナーを下ろすと、跳ねるように硬くしなったものが手の内に飛び出てくる。すでに紺のニットボクサーの生地は滲《にじ》むように濡れていた。

濡れた生地越し、やんわりと揉むように撫でると、遠藤の腰が焦れたように蠢《うごめ》く。

こんな風に感じて、こんな風に腰を使うのかと思うと、手の中でしなるものがたまらなく愛おしくなる。

「こんな風に濡れるんだ…」

うるさ…ぃ…、と遠藤の喉が鳴る。

「…はっ」

濃い色の染みになった生地を下へずらすと、生々しい肉色が露わになる。

風呂で何度か見かけたことのある、あまり濃くない茂みと何度も頭の中で想像したことのある、濡れて充血したリアルな色味…。

思わず身を屈《かが》め、口の中に含んでいた。

「…んっ…!」

遠藤が目を見開く。削いだように引き締まった脇腹が、興奮に震える。

「ぁふ…っ」

デニムの両腿が、強く頭を挟みつけてくる。その両膝を開き、腿を上から押さえつけるようにして、夢中で口中のものを舐めしゃぶると、遠藤が喉奥から濡れた音を切れ切れに洩らしながら、狂ったように腰を蠢かす。

快楽に忠実な身体とその牡《おす》めいた本能を、今はとにかく征服したい。

強く吸い上げるようにすると、大きく反った腰が、そして口中のものが何度も細かく痙攣《けいれん》した。

「は……せっ」

遠藤が呻く。

半ば剝き出しになった小さな尻を夢中でつかみ、デニムをずらしてその弾力をこねるようにすると、組み敷いた腰がよじれて跳ねる。

「で…るっ」

出るから…、オクターブほど上擦った声がタオルの端から洩れる。

それを無視してなおも吸い上げながら夢中で舌を使うと、強く眉を寄せた遠藤は何度も背中を弓なりに反らせ、腰を悶《もだ》えさせた。

「…んっ…！　ん…」

生温かいものが喉奥で爆《は》ぜる。特有の匂いととろみを夢中で飲み下し、啜《すす》り上げた。

荒い息遣いと共に、薄い腹部がせわしなく蠢く。太腿や腹部、そして腕の中の身体が急速に弛緩《しかん》してゆく。

舌先に絡んだ独特の風味を飲みこみ、濡れた唇を拭《ぬぐ》うと神宮寺は身を起こし、まだ荒い息をつく遠藤の湿った髪を撫でた。

切れ長の薄い瞼《まぶた》が鈍く瞬き、涙の絡んだ睫毛がゆっくりと神宮寺を見上げてくる。

唾液を吸ったタオルを噛みしめた口許を、神宮寺は指の背でなぞった。

「飲…ま…、よか…っ…に…」

飲まなくてよかったのに…、とぐったりとした無防備な顔で、遠藤が荒い息の間から呟くのがわかる。

「それは俺が…」

神宮寺は薄く微笑んだ。

「手、痛みませんか？」

低く尋ねると、遠藤はまた目を閉ざしながら、かすかに首を横に振った。

そして何度か深呼吸をして息を整えると、前を昂《たかぶ》らせたままの神宮寺を放っておくのはどうかと思ったのか、身体を仰向けてジーンズの膝から脛を使って、そっと股間を撫で上げるようにしてくる。

「挑発すんの、やめてください。マジで襲いそうになるから」

遠藤は顎をしゃくって、喋りたいというニュアンスの仕種をしてみせる。

嚙ませていた猿轡を動かせるだけ指先でずらすと、遠藤はさらにふくらはぎのあたりで神宮寺の内腿をなぞり上げながら言った。

「一度…、試してみてもかまわないぜ」

今ならな…、と小声でささやく遠藤に、神宮寺は苦笑する。

「あんた、チャレンジャーですね」

「後ろでやんの、クセになるぐらい気持ちいいって奴の話、聞いたことあるからさ」

それは海外にいた頃のゲイの知り合いの話か、それともさばけた女友達の話か、金を払って遊んだ女の話かは知らないが、この期に及んでも色気のない遠藤の提案には、溜息を通り越して笑いが出るばかりだった。

「だったら、極力頑張ってみますけど、我慢できなかったら言ってください。俺も理性飛ばすかもしれないし」

「さっきのがっつきようも、たいがいケダモノじみてたぞ。マジで食いちぎられるかと思った」

「でも、イッたんでしょ？」

じゃあ、いいじゃないですか…、と確かにケダモノじみていた自覚のある神宮寺は、半ば諦め混じりの溜息をつきながら言い返す。

ふん…、と鼻を鳴らすと、あいかわらず両腕を拘束されている遠藤は片脚を振ってデニムから抜き、すでにガチガチに形を変えている神宮寺のものをゆっくりと膝とふくらはぎを使って露骨に煽ってみせる。

「なぁ、暴れないから、腕ゆるめてくれよ。やっぱり痺れてきた」

「痛かったですか、すみません」

小声で謝りながら、神宮寺は後ろ手にくくっていた遠藤の腕をゆるめ、軽くこすった。

ほどくかと尋ねると、そこまでじゃないから大丈夫だと、不思議な承諾が返る。

「やさしいな、お前」

まだ痺れがあるのか、わずかに眉をひそめながら遠藤は腕を小さく振り、ゆるんだ拘束の中で手首を何度かまわす。

「やさしくしたいです、あんたには」

神宮寺は笑い、腕を伸ばしてコンポの電源を入れた。寮の同期が貸してくれたラブ・バラードのオムニバスが流れ出すが、今はちょうどいい。

いつもは控えめなボリュームを少し上げ、神宮寺は続いて机の引き出しを探って、ゴムとたまに重火器の扱いで手が荒れた時に使うオイルを取り出す。

「すげぇ、殺し文句吐くのな。そりゃ、引っかかりたくなる女の気分もわかる」

神宮寺が取りだしたゴムのパッケージを眺めながら、用意いいな、とどこか他人事のように呟く遠藤が切ない。猥談は出来るが、恋愛談は出来ないと篠口に言われた男…。

神宮寺はそんな遠藤を抱き寄せ、小さくキスをした。

遠藤は驚いたように目を見開いたが、少し笑ってキスに応えてくれる。

刹那主義だと聞いてはいても、しっくり腕の中に馴染《なじ》む身体が愛おしい。

甘い女性ボーカルを聞きながら、何度も恋人同士のようなキスを交わした。

キスの合間にオイルを手に取り、ゆっくりと遠藤自身を握りしめた。

やんわりこすると、遠藤のものが手の中で勃《た》ち上がってくる。

甘い吐息混じりの喉の奥で抑えた声を聞いていると、オイルの滑りが気持ちいいらしい。息が乱れてくるのと同時に、遠藤がゆらゆらと細腰を揺らしはじめる。

そのまま引き締まった臀部に手を滑らせ、狭間を割る。オイルに濡れた手で後ろを探りながら、小振りな尻を手の中で揉み込み、撫でる。すぐにその丸みと肌のなめらかさに、手が離せなくなった。

何度も執拗に撫で回していると、遠藤が息を荒げながら眉を寄せ、どこか非難混じりの目で見てくる。しかし、神宮寺の手に呼応するように、腰は振れている。

口で言っていたよりも、尻を撫で回されて感じることに抵抗があるらしい。徐々に指が後ろに触れてくることへの緊張もあるだろう。

「ここ、どうですか？」

オイルですべる指で、窄《すぼ》まりの周囲を円を描きながら、神宮寺は低く尋ねる。

「うん…」

遠藤は腰を揺らし、時折息をつめながら、曖昧な返事を返す。

「妙な…、ぁ…」

ゆっくりと指を沈めていくと、小さく声を漏らした遠藤の口がパクパクと何度も開く。

「痛い？」

尋ねる自分の声が、驚くほどに甘ったるく掠れていることに神宮寺は驚いた。

「まだ…、…ぁ」

かすかな、さっきまでとは違う、本当にかすかな声を漏らしながら、遠藤は神宮寺の腕の中で身を反らせる。

「ぁ…、ぁ…」

オイルの潤いを借りた指先をわずかずつ揺らしながら熱い内部に沈めてゆくと、少しずつ声が甘く濡れはじめる。

すでに硬く勃ち上がっている遠藤自身もだが、平かな胸で小さくプツンと硬起している乳頭も、神宮寺の胸許に押しつけ、こすりつけられていた。

その乳頭をつまむようにすると、ニチャ…、と差し入れた指に熱い粘膜が絡む、生々しい感触がある。

「ふ…」

遠藤はつまった声を漏らす。

「ん…」

指の間でやんわり揉むと、指を押し入れた熱い粘膜もぬかるむように絡みついてくる。半ばまで沈みかけていた指が、ヌルリと包み込まれるように奥へと進んだ。

「…ちょ…、ぁ…」

遠藤が焦ったような声を出し、腰を小さく震わせる。

「あ…、あ…」

こすりつけられているものは、すでに先端から溢れ出したもので濡れそぼっている。

「何だ、これ…」

遠藤は息をつめながら、奔放に腰を揺らしはじめた。

「あんた、ここ、いいんだ？」

「言うなっ…て…、ぁ…」

薄い唇が、丸い形に無防備に開かれ、濡れた舌が丸まっているのが見える。神宮寺はその舌にむしゃぶりつくように口づけ、舐めた。

「ん…、ん…」

両腕を拘束されたまま、遠藤は神宮寺の指を使って自慰でもするように、卑猥《ひわい》に腰を動かす。

むしゃぶりついた舌を絡めとるように吸われ、どんどんキスが深くなる。

「ふ…、ん…」

揺れる腰の奥に、さらに指を増やして捩《ね》じ込むようにすると、細身の身体の奥部が震えた。濡れて熱い肉が、蕩《とろ》けるようにまとわりついてくる。

ここに突っ込みたい…、とにかくそう思った。

「すみません、入れていいですか？」

内部をぐるりとかきまわしながら性急にささやく神宮寺の問いに、夢中で未知の快感を追っているらしい遠藤は、何度も唇を噛みしめながら頷く。

ゴムの装着もそこそこに、神宮寺は遠藤の身体を押し倒し、すらりとした脚を押し開く。

「あ…、あ…」

柔軟な身体は、無理なくその体勢を受け入れた。

しなやかな身体が神宮寺の身体の下でたわみ、熱い強烈な締め上げに押し包まれる。

「…んっ」

声が出ると思ったのか、遠藤は放り出されたままだったタオルを自ら噛んだ。そして、喉許を強く反らせる。

「すっげ…」

神宮寺は呻き、遠藤の身体を気遣う余裕もなく、夢中で腰を使う。

応えるように、遠藤も両脚を神宮寺の腰に絡め、細腰を揺らす。

「んっ…、んっ」

喉を鳴らし、懸命に快楽を追っているらしい身体が愛しくて、腕の中に強く抱き込みながら、赤く屹立した乳頭を口に含んだ。

「んーっ！　ンッ、んっ」

舌の上で転がすようにしゃぶると、遠藤は髪を乱して身をよじる。

感じすぎるのか、欲望は臍《へそ》につきそうなほどに硬く反りかえっている。それを夢中でつかみ、オイルで濡れた手の中で扱きながら突き上げると、神宮寺を咥え込んだ内部がぎゅーっと収縮した。

「あっ…、んっ…、ンッ！」

絡みついていた脚が強く跳ね上がったかと思うと、遠藤は強く身体を痙攣させる。

「ン――――ッ！」

声もなく身体を突っ張らせ、遠藤は神宮寺を締め上げた。

あまりに強烈な快感に低く呻きながら、神宮寺は組み敷いた身体の中に何度も欲望を叩きつける。

遠藤自身をつかんだ手が濡れ、迸《ほとばし》る熱いものに、遠藤もほとんど同時に達したことを知る。

「あ…ン……ん」

喉許を細かく震わせながら、タオルを噛んだ遠藤は、快楽のあまり涙に濡れた睫毛を鈍く瞬かせる。

「遠藤さん…」

荒い息の間から名前を呼び、神宮寺は唾液に湿ったタオルを口中から引き出して、その唇に何度も口づけた。


「…やっぱ、俺、これ、クセになりそうだわ」

遠藤は口許を押さえて呟く。

「クセ？」

「そう、クセ」

遠藤は神宮寺の腕に首をまわして、ぐいと引き寄せてくる。そして、目の奥を覗き込んできた。

海外生活が長かったせいか、遠藤はまともに目の奥を見つめてくる。

このまっすぐな視線には、心臓が鷲摑《わしづか》みされそうな気分になる。

「なぁ…、次ももう一回ぐらいやろうぜ」

──無意識のうちに大事な存在を作らないようにしてる──…、篠口の言葉が蘇る。

「次もあるんですか？」

「お前が萎えたっていうんじゃなきゃ？　俺は半端なくよかったし？」

わずかに小首をかしげる遠藤に、神宮寺は笑った。そして、悪戯っぽい目で自分の目の奥を覗き込んでくる遠藤の頬を撫でた。

自分が今感じている愛おしさが伝わるように。

そして、いつか遠藤が同じように自分を大事な存在として思ってくれるように…。

「キス、してもいいですか？」

「いいけど…」

遠藤は不思議そうな顔を作る。

「お前、キス好きだな」

「…そうかもしれません」

神宮寺は祈るような気持ちをこめて、そっと形のいい唇に唇を寄せる。

「次やるんだったらさ、寮は勘弁な」

「確かに、猿轡みたいなのはないですね」

声が出るという相手に声を殺させるのも申し訳ないし、何かあってばれた時のリスクは神宮寺よりも後輩に尻を貸していたという遠藤の方が大きいだろう。それでも、寮以外のところでならやってもいいと遠藤が言ってくれるなら、神宮寺にとっては大いに救いだ。

「縛ったところ、痛くないですか？」

すみませんでした…、と神宮寺は大事なものを愛しむように、そっと遠藤の手首を撫でる。

「いや、痛いとか自由きかないっていうのもあるんだけどさ、つかまるものがないのはすごい心許ないっていうのか…」

互いの息がかかる位置で遠藤は言いかけ、舌を出してぺろりと神宮寺の唇を舐めてきた。

「まぁ、ぶっちゃけ、せめてイク時にはハグしたいっていうのか、ハグされたいっていうのか…」

言いかけ、遠藤は首をひねる。

「うん…、まぁ、そんな感じ。あんまりこれまでそういうの思ったことなかったから、両手縛るのもありかなって思ったんだけど…」

途中で考えるのが面倒になったというような表情で、遠藤は肩をすくめた。

「じゃあ、次にはハグしてください」

遠藤が少しでも自分を抱きしめたいと思ってくれるならそれでいいと、神宮寺はようやく手に入れることの出来た身体を、深く抱きしめる。

「…お前、少し前に俺が死んだら泣くって言ったろ？」

神宮寺の腕の中、遠藤がぽつりと洩らす。

「言いました」

神宮寺は微笑み、頷く。

「あれって…、田所とかが泣いてくれるのとは、別の意味だろ？」

「別の意味でしょうね」

もし、遠藤に何か会った時、純粋な意味で田所が泣くのはわかる。田所はそういう可愛げのある後輩だった。

だが、神宮寺が遠藤を失った時に涙をこぼすのとは、意味が違う。

「俺さ…、あれは少し嬉しかったんだ…」

遠藤は神宮寺の肩に細い顎を乗せるようにして、呟いた。

「そんなこと、誰にも言われたことなかったからさ…。ああ、そういう風に思ってくれる人間が俺にもいるんだって…、だから…、ちょっと確かめてみたかったんだ…」

言葉は足りないが、遠藤の言わんとすることは何となくわかる。

篠口の言う、恋愛感情を封印してしまった遠藤なりの何かの探り方が、身体をつなぐという行為なのかもしれない。

しかし、まだ快感でしか自分の中の虚ろな部分を埋めることの出来ない、刹那主義の遠藤は遠藤なりに、あの言葉をきっかけに神宮寺との間に何かを探そうと思ってくれた…、そう自惚れてもいいのだろうか。

「なぁ、『好きになる』ってどんなだ？」

遠藤は子供のようにポツンと尋ねた。

「どんなって？」

「田所がさぁ、純愛したいって言うんだ。そろそろ中身も重視して恋したいって…」

それを口にする田所が目に見えるようで、神宮寺は苦笑する。

「田所《あいつ》はけっこうロマンチストですよね」

「俺さ…、あの時、意味よくわかんねーなって思ったんだけど…」

遠藤は何度か首をかしげる。

「今、ちょっとわかったっていうのか…、わかりたいっていうのか…、難しいな、こういうのって」

遠藤は眉を詰めた。

「わかってもいいかもって思った。もしかして、お前の思ってる『好き』とは違うかも知れないけどさ…」

遠藤は何かを探るように、神宮寺の胸に耳を押しあててくる。

「お前の中身を見てみたい」

神宮寺はそっとその柔らかな髪質を撫でる。

「ゆっくりでいいですから」

遠藤がかすかに胸許で頷くのがわかる。

「そうか、よかった…」

遠藤は呟き、続いて、少し寝ていいか…と尋ねた。

「どうぞ」

「しばらくしたら、起こせ」

語尾がそのまま柔らかく眠りに溶けていくように、遠藤は瞼を閉じた。

END

Aqua Dulce

「…お前さ、今、ちょっと手ぇ抜いてなかったか？」

アーケード型のガンシューティングゲームの画面を前に、やや声を低めた遠藤《えんどう》に、長身の神宮寺《じんぐうじ》は微妙に口ごもる。

「そんなつもりはないですけど…」

そう器用に嘘をつける男ではないようで、遠藤相手に少し手心を加えたのは本当だったらしい。

銃を模したガン・コントローラーを元の位置に戻しながら、神宮寺は遠藤のプライドを損なうまいと思ったのか、言い訳っぽくつけ加えた。

「俺、今日、眼鏡《めがね》忘れたんで、調子落ちてきたのかもしれません」

「ああ、たまにかけてる眼鏡…って、お前、視力悪かったっけ？」

休みの日、遠藤はお台場にあるアミューズメント施設で、神宮寺と共にゾンビ相手のシューティングゲームをしていた。

最初は食堂で田所を交えて、皆で一緒に映画がどうこうという話だったのが、神宮寺がかなり強引に田所を追いやって、結局、二人で台場に来ている。

遠藤が話に混じる前、田所が合コンでうまくいったらしき相手との初デートに、互いの距離がつめられるから台場に行けばどうだなどと神宮寺が言っていたのは聞いていた。

あのアドバイス時には随分と余裕があるような口ぶりだったのに、遠藤が途中で話に混ざったところから、神宮寺はかなり熱心に遠藤を映画に誘いはじめた。映画チケットを予約してでも、何とか二人での約束をとりつけようとする神宮寺が面白くて、こんなにも懸命に誘ってくれるというなら、まぁ、多少は距離をつめてやってもいいとは思った。

誰が見てもいい男なくせに、必死すぎる様子に少しほだされた。どこでもいいから一緒にデートに行きたいと、ここまで他人に請《こ》われたこともない。これまでつきあった女の子達は、どこかに一緒に行こうよとこっちが誘えば、じゃあ、行こうかという程度の返事だったので、何もかもを遠藤に合わせるから出かけたいなどとと言われたことはなかった。

「いえ、視力そのものは落ちてないんですけど、最近、乱視が入ってきたんです。だから、暗いところで目を使いすぎると疲れるっていうか…」

言いかけて、神宮寺はいったん口をつぐんだ後、遠藤を伺うように見る。

「まぁ、言っても知れてますけど。続けますか?」

「いや…、ちょっと休憩するか。何か冷たいものでも飲んで」

神宮寺の下手な言い訳は、遠藤が勝つまで終わらないと言い放ったシューティングから遠ざけようとするものだろう。

遠藤はコイン挿入口の上に積んであった硬貨を、いったん神宮寺に渡す。遠藤が続けると言えば、つきあって続けるつもりだっただろう神宮寺が、ちょっとかわいそうになったのもある。

遠藤にセックスかキスか、どちらかと言われれば、キスをしたいと答えた男。

そもそも、それ自体が遠藤にはない発想だった。

そんな発想がなかったから、この間もセックスが上手《うま》いというのなら、一度自分とやってみないか、などと切り出した。感覚的には、ちょっと気持ちよくなれるようなスポーツを一緒にしてみないかというのと同じだ。男相手というのはこれまで考えたことはなかったが、そこまで自分を好きだというのなら、一度試してみてもいい…、そんな感覚だ。

神宮寺は驚いたような顔をしていたが、一応、誘いには乗ってきた。

キスなど、これまでセックスまでの過程だとしか考えたことがなかった。そもそも他人との肉体関係について、そこまで深く考えたことがない。綺麗《きれい》な子、可愛《かわい》い子とキスが出来れば、ラッキー。気持ちよければ嬉《うれ》しい、次にはその続きに進みたい、そのためのフラグ程度にしか思っていなかった。

くすぐったいような、不思議な気分だ。

この間の突入前に、『ちゃんと守りますから』と言った神宮寺の言葉もそうだ。言われた時には、まだ内心ではどれほどのものかと思っていた。

しかし、実際にベランダで銃撃を避けるために横へ転がった時、背後から抱え込むようにして、神宮寺が上に覆《おお》い被さった時、単に格好をつけた言葉ではないと知った。銃撃から身を挺《てい》して他人を守ることなど、半端な覚悟ではできない。

遠藤を追ってきた神宮寺が、遠藤を庇《かば》ってその前に大楯を置いた時もそうだった。

あの朱という男が、鉈《なた》のような大ぶりなミリタリーナイフを突きだしてきた時、ガツッという重く鈍い音と共に、楯を支えた神宮寺の腕に凄《すさ》まじい衝撃がかかったのがわかった。ほとんど全体重をかけた男の攻撃を、よく片腕だけで受け止め、堪《こら》えきったものだと思う。

逮捕後に朱をあらためて見たが、屈強な男で神宮寺以上の体格を持っていた。神宮寺は次の日に痺《しび》れがあったぐらいだと笑っていたが、楯越しであってもあれだけの力と衝撃が片腕にかかれば、ほとんど打撲に近い痛みだったはずだ。遠藤が持っていた小型の楯と構えた角度では、とてもあの攻撃は受けとめきれなかった。

朱は最初に神宮寺がガラスを蹴破った音を聞き、警察の突入を察して物陰に潜んでいた。閃光弾《せんこうだん》の衝撃に耐え、気配を殺して待っていた。部屋の前で、いったん軽量楯を構えて留まった遠藤をナイフで刺突《しとつ》しようとしたことを考えると、敵がどれだけ殺戮《さつりく》に慣れた相手だったかがわかる。あれだけの使い手だと、本国では元軍人や特殊部隊崩れだったのかも知れない。

そういう意味では、神宮寺は遠藤にとっての恩人でもある。

あの時、言葉ではなく、本当にこの男が自分を恋慕しているというのが、感覚的に呑《の》み込めた。それこそ、計算抜きに馬鹿馬鹿しいほどに遠藤を守りたいと考えている。

なぜ、こいつが…というのと、どうして好きこのんで俺などを…、というのは今もある。そのあたりはまだうまく理解できないが、少なくとも中途半端にコナをかけた、言い寄ってみた、などというのとは根本的に違うことはさすがにわかる。

問い詰めたところで、神宮寺もそう口の立つ男ではないようなので、あまり遠藤が納得できるほどの具体的な答えは得られないだろう。

どこかにジュースやアイスコーヒーぐらい飲める場所はないだろうかと先に立って歩くと、ＵＦＯキャッチャーのコーナーに差しかかる。

「お、キャッチャー…」

何の気なしに眺めたところで、神宮寺も足を止めた。

意識してか、してないのかはわからないが、以前、遠藤がお愛想程度に似合うとほめた襟ぐりの広い濃紺のカットソーにデニムという格好だった。この格好だと、もともと厚みのあるしっかりした肩まわりが引き立つ上に、開いた襟許から男らしく引きしまった喉許《のどもと》、鎖骨などが覗く。

シンプルな格好だが、いかにも男性的で飾りのないストイックな色香のようなものがあって、同性としてはちょっと忌々《いまいま》しい。

「何か気になるものとか、あります？」

「何だ、気になるものがあれば、取れんのか？」

どれほどのものかと、遠藤は挑発してみせる。

「台によりますけど、どうやっても取れないように出来てる台もありますから。取れそうなら、トライしてみます」

神宮寺は平静に言葉を返す。あまり本人に自覚はないようだが、この男は男でけっこう負けん気は強い。単に普段、遠藤ほどはっきりとは口にしないだけだと思う。

多分、これまではそういうところがうまく噛《か》み合っていなかった。

「台によって決まるってさ、なんかパチンコみたいなゲームだな」

「同じですよ。店側で、アームのつかむ力や角度なんかを調整してますから。取れないように調整してあるアームには、いくら金を注ぎ込んでも取れません」

けっこうこの手のゲームには詳しいようで、神宮寺はあっさりと肯定した。

「こんなコロコロした丸いものばっかり突っ込んであるのに、夢がないなぁ」

「女の子にも抵抗ないですからね、ぬいぐるみや人形なんかだと」

ぼやく遠藤の横で、神宮寺はいくらかの台を見てまわり、さらには他の人間がプレイ中の様子をしばらく眺める。

「多分、あのクマのクッションとアヒル、それからチョコボールの人形ならいけます。ここは、箱入りのフィギュア系は難度が高いですね。どれも厳しいと思います」

ユル可愛い系のクマがごろっと寝ているクッション、ネズミの国の水兵ルックがトレードマークのアヒルのぬいぐるみ、某菓子メーカーのチョコボールのキャラのぬいぐるみを神宮寺は指さす。

「クマやアヒルは置き場所に困るから、チョコボールかな。やってみろ」

遠藤はポケットに入れていた小銭を、神宮寺に手渡す。

初回は、わずかにアームで景品をかすめただけだった。しかし、神宮寺は二回目にアームを動かした際には、さっさと二個もまとめてタグを引っかけ、取り出し口に落とした。その二回目の動きで、一度目は外したのではなく、ぬいぐるみのタグを引っかけやすいように転がしただけだとわかる。

二個まとめて出てきた苺とピーナッツのキャラクターを手に取り、遠藤は低く口笛を吹く。

かつて、SATにいた時の建物制圧の訓練時に、神宮寺が似たようなやり方で射撃で間接的に天井の配管を落下させ、犯人役の逃走口を塞いだことを覚えてる。

そもそも射撃の腕そのものがよくないとできない手法だし、あの時は自分の射撃レベルを見せつけるようなやり口がずいぶん癇《かん》に障った。

しかし今になってみると、遠藤が感じたほどの自己顕示欲《けんじよく》はなく、一番手っ取り早く逃走口を塞ぐ方法というので、配管を狙っただけなのだとわかる。もともと自分の技量レベルがちゃんと把握できていて、こういう力学的にひねった発想に強い男なのだろう。

二個のぬいぐるみを差し出すと、最初からそのつもりだったのだろう。神宮寺はどうぞ…、と笑って遠藤にくれる。

「…お前さ、これで女、時々引っかけてないか？」

尋ねると、神宮寺は微妙に視線を逸らす。

「…引っかけてはいませんが、取ってやれば、喜ぶ相手も多いんじゃないでしょうか」

「何だ、その絵に描いたような模範解答は。そりゃ、お前みたいな男前が、目の前でさくっとぬいぐるみ取ってくれりゃあ、女の子は舞い上がるわな」

つまらん、と顔のわりにはモテないなどと宮津《みやつ》にからかわれる遠藤は、カラスに似た二個のぬいぐるみを男の目の前でブラブラ揺らしてやる。

「…あんまり、こういうゲームはされたことないんですか？　ガンシューティングとかは、けっこうされてますよね？」

「俺はこういう、手間暇のかかるゲームは嫌いなんだよ。面倒くさい」

ふん、と遠藤が鼻を鳴らすと、神宮寺は苦笑した。

「遠藤さんらしいですね」

今日はこの男が部屋に誘いに来た時から何を言ってもにこにこと嬉しそうなので、それ以上毒を吐く気にもなれなくて、おい、冷たいもの飲むぞ、と遠藤は神宮寺の肩を突いた。


早めの夕食後、遠藤は腹ごなしにショッピングモールの外へ出て、もらったぬいぐるみ二つを手に、神宮寺と共に何となくぶらぶらと前の公園へと歩いて行く。

もう七時に近いというのに、季節的に空はまだ明るい。少し雲は多かったが、レインボーブリッジ越しの夕景を見るためか、何組かのカップルがそこいらを歩いていた。

特に夕景を見るつもりはなかったが、神宮寺が止める様子もないので、まぁ、いいかと遠藤はそのまま公園の遊歩道を歩いて行く。

「この間の突入事件、篠口《しのぐち》さんに応援の呼び出しかかってんだって」

「呼び出し…ですか？　どこへ応援に？」

篠口が少し苦手だという神宮寺も、どうしてまた…と不思議そうな顔を作る。

「それが篠口さん、うまいことはぐらかすから、まだどこに行かされるのかはっきり聞いてないんだけどさ、谷崎《たにざき》さんはさっくりと上からかかったんだろって言ってた。口外できないけど、呼び出しかけた相手は知ってるみたいだった。それで篠口さん、応援で一週間ぐらい外すんだと。でも、あの微妙な表情と口ぶりだと、あんまり気は進まないのかな」

親しくなっても懐《ふところ》は完全には見せないようなところのある不思議な年上の男を思い、遠藤は首を捻る。

「裏があるってことですよね？」

「まぁ、そうなのかな？　あれ以降、取り調べについて箝口令《かんこうれい》敷かれてるみたいだけど」

神宮寺と寝た数日後、遠藤と神宮寺が突入時の装備品の手入れをしていたところを見た篠口に、神宮寺君と何かあったかと尋ねられた。そこで馬鹿正直に答えるほど頭は悪くないつもりだったが、多分、篠口のことなので見透かしてはいたのだろう。

——ちょっと一緒にいる時の雰囲気っていうか、空気感みたいなのが変わったよね。

篠口はそう言って笑った。何がどうというわけではないが、あの時の篠口は笑っているのに、どこか怖いような雰囲気だった。

普段はソフトなのにな…、と遠藤は思う。あの人は、奥が深すぎてよくわからない。可愛がってもらっていても、たまに距離を感じることがある自分は、どこか薄情なのだろうか。

「…篠口さん、俺について何か言いませんでした？」

「何かって、何を？」

まさに今、考えていたことを見透かしたように尋ねてくる神宮寺に、遠藤はあえてとぼける。

「いえ…、何も言ってこなかったならいいです」

神宮寺は微妙に言葉を濁す。神宮寺は神宮寺で、篠口とは合わないと言っていたので、色々と説明するのも話を聞くのも不穏な気がする。

「…あ」

ぽつりと頬に濡《ぬ》れたものを感じ、空を見上げると、神宮寺も同じように空を見上げる。

「雨か？」

尋ねるまでもなく、いきなりサァァ…と音を立てて、細かな雨が降り出した。やむなく遊歩道をいくらか走り、とりあえず雨が小降りになるまでと手近な木の下に入る。

「今日、雨降るなんて言ってたか？」

日がほとんど沈みきったせいもあるのだろう。梢《こずえ》越しに急に暗くなった空模様を見上げながら、遠藤はぼやく。街灯や海越しの夜景に薄く浮かび上がった雲だけを見ていると、さほど降りそうにも見えない。

「ところによって…、とは言ってましたが…」

一応、神宮寺の方は律儀に天気予報はチェックしてきたらしい。真面目な答えが返り、へぇ…、と準備はおろか、すべてを神宮寺任せにして何ひとつ調べてもいなかった遠藤は唸《うな》る。

アミューズメント系で楽しむことしか考えていなかったので、調べる必要さえ感じていなかった。

「濡れませんか？」

ぱらぱらと雨の降りかかる遠藤の肩を見下ろし、長身の男は尋ねてくる。

「いや、濡れたところでどうってことはないんだけどよ」

風邪もめったにひくことのない遠藤は、じわりと湿ったシャツの肩を払う。その肩を、ひょいと庇うように抱き寄せられ、遠藤はしばらくまじまじと神宮寺の顔を見上げる。

街灯の光から少しはずれた木陰になるが、互いの表情はよく見えた。

「…すみません」

さっきまで普通に食事をして、普通に遠藤のたわいもない話に笑っていた男は、今さらのように薄く頬を染め、視線を逸らす。

「そこで視線を逸らされると、俺も色々困るんだけどな。…つか、そもそもこんなところを人に見られたら困るっていうか」

「すみません…、もう少し、こっちに寄って下さい、濡れますから。少しの間だけ…」

この雨で、あたりの人影も消えた。別に口で言うほどに人目が気になるわけでもないが、肩から手を外し、申し訳なさそうな様子を見せる神宮寺に遠藤は少し口をつぐんだ。

低い声で請うように言われて、しばらくの間ぐらいは黙っていてもいいかと思ったのは、この間、あまりに愛《いと》しそうに何度も抱きすくめられ、口づけられたからだ。

男なので、そう簡単には壊れはしないが、誰かにセックスの時にそんなにも大事に扱われるのは初めてだった。神宮寺のあまりに愛しげな様子に、こういう風に扱われるのも悪くないなと思った。

すぐかたわらにぴったりと寄り添うような熱があるのは、不思議だ。こういう感覚は誰が相手でも同じわけでもなし、他の人間とは何がどう違うとは自分でもよくわからないが…。

少しずつ弱まってきた雨脚を見ながら、遠藤はとん、と神宮寺に体重を預けた。神宮寺は黙って、遠藤に体重を預けられるままになっている。

肩越しに見上げてちょっと笑ってやると、神宮寺は困ったように眉《まゆ》を寄せた後、身をかがめた。唇に見た目よりも柔らかな感触がそっと触れ、さらにもう一度角度を変えて触れた後、離れてゆく。

なぁ…、と遠藤は口を開いた。

「どっか寄っていくか?」

意味はすぐにわかったようで、神宮寺が少し息を呑む。

「いいんですか?」

「言っとくけど、部屋代は割り勘な」

今さらのように少し気恥ずかしくなった遠藤は、神宮寺のカットソーの襟許に手にしていたぬいぐるみをぐいぐいと二つともねじ込むと、上がりはじめた雨の中に飛び出した。


「身体、冷えてませんか?」

二人してこもったホテルのバスルームで、遠藤の肩にシャワーをかけてくれながら、神宮寺は尋ねてくる。

お台場からホテルまで神宮寺のバイクで移動する際も少し雨が降ったので、後ろに乗っていた遠藤を心配してくれているらしい。

「いや、これぐらいじゃ…、お前、デカいからいい風よけになるし」

かっちりと均整の取れた広い背中は温かくて、少し風が寒いと感じたのはレインボーブリッジを渡った時ぐらいのものだった。

神宮寺がバイクを着けたのは、ちょっとこじゃれた印象の高級ビジネスホテルだった。

部屋に入ってすぐ、風邪をひくから早く風呂で身体を温めてくれと促され、だったら面倒だからまとめて入ればいいじゃないかと言ったのは、遠藤だった。

普段、寮でも始終、風呂は一緒になる。訓練時には、ロッカーも一緒だ。今さら見られて困るようなものでもないだろうと、まだ少しためらう神宮寺の濡れたカットソーを引き剝《は》ぐと、男は観念したようにジーンズを脱いだ。

何分、もてる男なのでホテル選びなどにはそつがなかったが、男の遠藤が相手だとイニシアティブの取り方で勝手が違うのかも知れない。

それを見ながら、遠藤も湿った半袖のニットシャツを鼻唄《はなうた》交りに脱ぐと、神宮寺は半ば諦め混じりに笑って、バスタブに湯を張りに入った。

シャワーカーテンを引き寄せながら、ためらうその手を引いてバスタブに足を入れる時にも楽しかった。

男二人で、しかも神宮寺は百八十センチ半ばはあるほどの体格のいい男なので、身動きできる余地などほとんどないが、それでもまだ楽しい。

「本当に、これでちゃんと温まりますか？」

臍《へそ》のあたりまでお湯が上がってきたところで、アメニティのバスジェルをシャワーで泡立てていると、長い脚を折りたたむようにしてバスタブ内に座る神宮寺が尋ねてくる。

「別にお前が男の裸見て萎《な》えるって言うんじゃなきゃ、かまわねーよ。俺、そんなに冷える方じゃないし」

遠藤は細かな泡をすくって、ふっと神宮寺に向かって吹いて飛ばす。

「萎えはしませんが…」

神宮寺はそんな子供っぽい遠藤の動きをどう思ったのか、小さく笑うと、湯の中に手を突き、また唇を寄せてくる。

軽く唇を甘嚙《あまが》みされ、遠藤はそれに答えて唇を開いた。口腔《こうこう》に、少し厚みのある男の舌が忍び入ってくる。クールな顔立ちなのに、神宮寺の舌先は少し厚ぼったくて、やんわり舌を丸め、搦《から》め捕るように吸われると、ちょっと色っぽいようないい気分になる。

薄く笑いながら、そうして何度かキスを交わし、遠藤はお湯の中ですっかり頭をもたげた神宮寺自身を握りしめた。

「本当だな、萎えてない」

喉奥《のどおく》で笑うと、神宮寺も笑う。本当に素直に笑う。

何だ、こんな素直な笑い方出来る奴なんじゃないかと、遠藤は手に余るほどの大きさの性器をゆっくりとこすってやる。

「なぁ…」

シャワーカーテンで仕切った狭い空間に、やや淫靡《いんび》な響きの自分の声が響く。

「お前、ゴム持ってきた？」

「一応は…」

顔を覗き込むようにして尋ねると、目を伏せながらも、神宮寺はあっさりと頷く。

「何だ、少しは期待したか？」

「期待っていうわけじゃないですけど…、最低限のマナーっていうか…」

くぐもった声で答える男の唇を、遠藤は自分から舌先を伸ばし、やんわりと挑発するように舐めた。

高い鼻筋に鼻先が触れるのがくすぐったくて、わざと動物同士のように鼻先をこすりつけてやる。

「ジェルか、何かは？」

色気のない直截な遠藤の問いにも、神宮寺は鼻先同士を触れあわされるまま、かすかに頷く。

「…一応、クリームを」

「用意いいな」

「痛い思い、させたくないんです」

「ふうん、やさしいじゃないか」

からかうと、神宮寺はどこか痛いような表情で目を眇《すが》めた。どういった理由かわからないが、時々、この男はこんな目で自分を見る。

別に不快ではないが、どうしてそんな目を向けてくるのだろうと思う。

「…で、今日はどっちが入れるよ？」

固い屹立《きつりつ》を握りしめたまま身を乗り出し、湯の中に半ば膝《ひざ》をついた遠藤は、悪戯《いたずら》っぽく神宮寺を見上げた。

「…どっちが？」

「そう、俺か…、お前か…」

一瞬にして、神宮寺は目を見開いた素の顔となる。この間、お前はエッチが上手いのかと聞いた時にも見せた顔だった。

握りしめたものを通して、その下腹部がひくりと引きつったのがわかる。

「…あんたが、俺を…？」

いい男なのに神宮寺の顔はもやは素を通り越して、素《す》っ頓狂《とんきょう》ともいえるレベルになっていた。

「あれ？　抵抗ある？　後ろ使うの」

「いや、普通は抵抗あるでしょう？　男なら」

「でも、あれ、飛びそうになるぐらい、気持ちいいぜ。ちょっと声が止まんないぐらいに。腰も勝手に動いて、たまんないしさ。一回ぐらい、試してみれば？」

遠藤の言い分に、急所を握りしめられたままの神宮寺は間近でまじまじと遠藤の目の奥を見つめ返してきた。

「…それは、俺と寝た時にそれぐらいよかったって自惚《うぬぼ》れていいんですか？」

「そうだって、言ってるじゃねぇか。だから、お前も…」

それは…、と神宮寺は遠藤の言葉を遮《さえぎ》る。

「それは、また別の機会でいいっていうか、俺にはまだまだその覚悟はちょっと…」

「あ、勇気いる？」

「…いるでしょ、普通は。…っていうか、あんた、自分よりデカい男をどうこうするのは平気なんですか？」

不思議な生き物でも見るような目で、神宮寺は遠藤を見つめてくる。

「そこなんだよね」

遠藤は手の中の神宮寺自身を愛撫《あいぶ》する動きを再開しながら、頷いた。

「なんていうかさ、俺、そんなに体格いい方じゃないし、あんまり自分より骨組みの大きい相手をどうこうするのも、ちょっとな…」

「あんたっていう人が、心底、漢《おとこ》だっていうのはよくわかりましたから…」

神宮寺は深く溜息《ためいき》をついた。

下半身はギンギンなくせに、もっともらしい顔をしやがって…、などと思いながら、遠藤はヌルヌルと泡のぬめりで自分にとっては一番気持ちのいい先端部分を丹念に撫《な》でてやる。

「俺はしばらくいいです。あんた相手に、そういうの想像したこともないし」

「お前さ、怒んないから、俺相手に何想像してたのか言えよ」

少し指の動きを速くすると、神宮寺はわずかに息をつめ、乾いた唇を舐めた。

「色々…」

さらりと怖い告白をしてのけた男は、もういいですから、と遠藤の上から手を重ね、やんわりと指を剝がす。

「正直、ここまでしてくれるとは、思ったことなかったですけど…」

「この間のお返しに、フェラぐらいはやってもいいかなと思ってる。初めてだから、うまくいくかどうかはわからないけど」

遠藤はシャワーを止めながら、神宮寺を見下ろす。

「…っていうか、これ、本当に全部口に入るのか？　デカくねぇ？」

「あんたっていう人は本当に、色っぽいんだか、色っぽくないんだか…」

神宮寺は溜息をつきながら、やんわりと遠藤の腰に腕をまわしてくる。

「一気に喉奥まで入れずに、少しずつ入れてもらえば、入らないこともないかと…」

「…ああ、これまで、そういう風にしてもらってたわけ？」

何となくムッとして、遠藤は眉を寄せる。この間は神宮寺に野暮《やぼ》だといわれたが、確かに自分とのセックスの途中で、他人にどうしてもらったなどと申告されるのは面白くない。

神宮寺はちょっと切ないような顔を見せ、遠藤の唇をそっと撫でた。

「ちょっとは、妬《や》いてくれるんですか？」

「妬く？」

それに関しては意味がわからない。

何を言ってるんだと言いかけたところに、遠藤の腰を抱いた神宮寺は額同士をすり合わせ、またやんわりと恋人同士のようなやさしいキスをしかけてくる。

「そんな真似、無理にしなくてもいいですから」

強い力で抱きしめられ、太腿に弾むように神宮寺の昂《たかぶ》ったものが触れる。

やんわりと遠藤自身も頭をもたげつつある脚の間に、片膝を差し入れられ、バスタブの中で固く引きしまった太腿の上に跨《また》がらされた。

キスの合間に肩から背中にかけてゆっくりと撫でさすられ、大きな手の温かさと心地よさに、遠藤は喉を鳴らした。

脇に手を差し入れられ、すでに固くなりかけていた乳頭にそっと触れられる。

「…ん」

二本の指の腹に挟まれ、ゆっくりとこねるように揉まれると、腰が振れた。

「…ぁ…、ん…、それ…」

遠藤は歯を食いしばり、胸許を突き出すようにする。遠藤の求めがわかったようで、神宮寺は熱い口中にすでに期待で硬起した尖《とが》りをぬるりと含んでくれる。

「あ…」

温かな口中にツンと尖って感じやすくなっている乳首を含まれると、自分でもそれとわかるほどに濡れて甘えた声が洩《も》れた。

「あ…、あっ…、あっ」

遠藤は神宮寺の頭を抱え、引きしまった下腹部に固く反りかえった自分自身をこすりつける。

な…、と遠藤は神宮寺の腕を引き、下肢へと導いた。

「触ってくれよ」

「胸吸われるの、そんなに気持ちいいんですか？」

導かれるままに遠藤に手を添え、ゆっくりとこすり上げてくれる神宮寺の息が、尖った乳頭にかかるだけでゾクゾクと背筋が震える。

「…いい…っ」

「あんた、なんでそんなにイヤらしい声…」

どこかうっとりした響きのある声で呟《つぶや》くと、男は充血してぷっくりと膨れた乳頭をさらに舌先で押し潰すようにこね、舐め上げながら甘嚙みしてくれる。

「んっ…、すご…、んっ」

泡立った浴槽の中でほとんど神宮寺の膝に乗り上げるようにして、遠藤は夢中で腰を振り立てる。

「あっ、あっ…、こんな…」

口中で舌先が丸まって、どうしても洩れる声が舌っ足らずになる。

その間も遠藤をしごいてくれていた手は後ろに滑り、何度か尻たぶをこねまわした後、するりと割れ目に忍び入ってくる。

今日は泡のぬめりや湯の温もりもあって、濡れた長い指がぬるぬると尻の狭間で前後すると、それに応えるように勝手に腰が振れた。

「んっ…ぅ」

この間の強烈な快感を再び期待してか、秘所を丸く円を描くように指先で何度も撫でられると、自分からその箇所を割り広げたくなるような衝動に駆られる。

「可愛い声、出しますね」

「うる…さっ…ぃ、んっ…」

「ここ、もう口開きかけて、パクパクしてますけど」

神宮寺の言葉は揶揄《やゆ》ではないらしく、自分でもどこがヒクついているのか、はっきりと意識できる。

「…ぁ…、あ…」

ヌル…、とぬめりと共に濡れた指が押し入ってくると、遠藤は自分から腰を沈めてしまう。

「…あ…、やっぱり…、いい…」

神宮寺の肩口に額をこすりつけるように喘《あえ》ぐと、自重もあってさらに男の指はゆっくりと奥深くへと沈み込んでくる。神宮寺は顔の角度を変え、遠藤を仰のかせて唇を貪《むさぼ》ってくる。

「ん…、んっ…」

抗議をする暇もない。ただ、内部に入り込んだ節の高い男の指が心地よくて、遠藤は求められるままに舌を絡めあいながら、何度もゆったりと腰を揺らした。

「あんた、…凄い、エロいんですけど…」

煽《あお》るでもなく、感嘆したようにささやくと、神宮寺はチュプッ、と再び固く尖った乳首を口中に含んでくれる。

「あー…っ」

喉奥から溢れたのは、嬌声に近かった。

ズル…、とさらに内奥へと男の指が沈み込む。深々と根本まで、神宮寺の指が埋め込まれていることがわかる。

「ここ…、少し柔らかいです」

どこか色っぽいような声で低くささやかれると、もう気どる気にもなれなかった。

遠藤は何度も小さく喘ぎ、口でパクパクと浅い呼吸を繰り返す。長い指が触れているだけで、気持ちのいい箇所がある。

「何だ、これ…」

「…そんなに?」

神宮寺の声が尋ねてくるのに、がくがくと何度も頷く。

「二本入れても？」

「んっ、んっ…」

夢中で頷き、遠藤はねだるように自分から腰をゆらめかす。

ほぐれた粘膜に二本目の指がゆっくりと入り込んでくると、その圧迫感と腰の奥部が痺れるような快感に、男の腕の中で何度も勝手に腰が跳ねた。

「あ…、すげ…、イキそう…」

呟いた瞬間、腰の奥が震え、一気に絶頂を迎えていた。

「あ…、神宮寺…っ、あっ」

後ろを刺激される快感のあまりの強烈さに、遠藤は自らを握りしめ、次々と先端から噴き上げるものを朦朧とした目で見る。白い飛沫は男の下腹まで汚していたが、神宮寺はそれを気にした様子もなく、たまらなそうに唇を重ねてきた。

「…ん…、ん…」

普段はとても出てこないような濡れた声と共に、遠藤は喉奥を開き、貪られるまま、唾液《だえき》を絡ませ合う。

「ん…ぅん」

内部を深くまで穿《うが》っていた二本の指を引き抜かれる感触が名残惜しくて、遠藤は最後には自分から腰をゆらめかし、抜け出る男の指を締め付けてしまう。

やがてたっぷりとしたキスの後、ゆっくりと身体を抱え上げられ、白いタイル壁に手を突かされた。

「…ここで？」

「とにかく、あんたとつながりたい」

ベッドに移る間も惜しいという性急な男のささやきに、遠藤はかすかに笑ったが、逃げようとは思わなかった。

腰を突き出すような扇情的な、そして動物的な姿勢をとらされていたが、今味わったばかりの、この間よりもさらに強い快感に、いっそこの場で深々と貫いて欲しいとさえ思った。

「あ…」

遠藤に壁につかせた手に、さらに自分の手を重ねるようにして、神宮寺はすでに隆《りゅう》と頭をもたげたものを脚の間にあてがってくる。

その膨れ上がった先端で濡れた入り口を煽るように何度かこすられると、喉が鳴った。

「…焦らすな、早く…っ」

遠藤は腰をゆらめかし、後ろへと片手を伸ばし、自らその箇所を広げて見せた。

「…何て真似する」

低まった神宮寺の呟きは、呆れからではなく、興奮によるものだとわかる。

その瞬間、さっきの指などよりもはるかに長大なものが、内部にぐうっと押し入ってきた。

「あっ！　…んっ、…ん――っ」

遠藤は少しでも奥深く男の充溢を味わおうと、細腰をくねらせる。

「ちょっ、勝手に動かないで下さい」

焦ったような声と共に、神宮寺が背後から深く腰を抱き込む。

「あっ…、ぁ…、ぁ…っ」

動きを止められても、すでに遠藤のイイところに神宮寺がはまり込んでいるらしく、ひっきりなしに甘ったるい声と、せわしない息が漏れる。

遠藤のペースとは異なる、じんわりとした動きで狭い内部をいっぱいにまで押し広げ、神宮寺が深々と入り込んでくる。

「あ…、嘘…、どこまで…」

遠藤は濡れた声を洩らしながらも、焦ってタイルを掻いた。

この間とは角度が違うせいか、自分でも信じられないほど奥部まで、男が入り込んでいる。

「あっ…、入りすぎ…」

なのに、内部を穿たれた快感はもうひっきりなしに押し寄せてくる。また勝手に、ゆらゆらと内腿が揺れだした。

「ちょっ…、締めすぎ、あんた…」

「勝手に…」

遠藤は首を横に振る。

耐えきれず、タイルに爪《つめ》を立てるようにすると、その手を神宮寺が握り込む。

「俺の手、爪立てていいですから…」

「ん…、あ…」

遠藤は呻《うめ》きながらもその手を握り、不安定な姿勢で腰を揺らしはじめる。

腰を支える神宮寺の手が、徐々に腹部から胸許へ上がってきて、また乳頭をつまむようにされると、また痺れるような快感に勝手に腰が跳ねた。

「ぁ…は…、いいっ」

喉を鳴らし、遠藤は神宮寺の手に指を絡めるようにして、懸命に腰を使い始める。

すでに遠藤自身もぺったりと下腹につくほどに反りかえり、腰を振るたびに先端が臍のあたりを叩いた。

「あぁっ…、あっ、あっ」

「遠藤さん…、遠藤さん…」

苦しそうな押し殺した神宮寺の声が、何度も性急にささやく。

「んっ…、なんで…、こんなっ…！」

強烈な快感があるのだと、遠藤はほとんど泣き声に近い声を上げる。

「神宮寺、苦し…っ」

呻くと、驚いたように男は動きを止める。

「痛みますか？」

大きな手で下腹部をそっと撫でる動きに、確かに愛されてるのだろうなという思いが頭をよぎる。

「ちが…、やめるな…、もっと…」

ゆらりと腰を揺らすと、神宮寺は背後から首筋、肩口と何度か口づけ、遠藤の言葉に煽られたように再びじっくりと腰を使い出した。

「あっ、すご…、すご…ぃっ」

遠藤は呻きながら、夢中で腰を突き出す。

「あっ、あっ、あっ！」

短いピッチで立て続けに声を上げる遠藤に、神宮寺は言った。

「あとでベッドに移しますから…」

「…んっ」

「一度、出してもいいですか？」

男のささやきに、遠藤は何度も頷く。

「いいっ、…いいから、中に…」

「中…？」

「このまま、中に出せ…っ」

よもやそんな言葉を自分が口走るとは思ってもいなかったが、勝手に淫らな欲求が口を突いて出てくる。

「…本当に？」

締め上げる遠藤によって、相当の快感があるのか、神宮寺も荒い息の中から尋ねてくる。

「いいから…、あっ…、中…っ」

白い飛沫を直接に奥深くに放たれる快感を思い、遠藤はぞくぞくと背筋を震わせる。

「…遠藤さん…」

背後で遠藤を貫いていた男が、低い呻きと共にぶるりと胴震いするのがわかる。

「あっ…、あっ…、出てる…」

熱く濡れたものが、下腹部奥をたっぷりと濡らしているような気がして、遠藤は神宮寺の指を何度も握りしめた。

「…あ、中…」

遠藤は喉を震わせながら、自分も二度目の精を放つ。

「ん…、ん…」

神宮寺は遠藤自身に指を絡め、柔らかく上下にしごいて最後の一滴まで吐き出させてくれた。

その間も、まだ遠藤の奥深くに神宮寺が入り込んでいるのがわかる。

「…ぁ…」

ずるりと神宮寺が中から抜け出ていく感触を、惜しいと思った。

しかし神宮寺は汚れるのもかまわず、狭いバスタブの中で遠藤の身体の向きを変え、深く唇を合わせてくる。

遠藤はまだ味わった快感に痺れた腕を、その背にまわした。遠藤の意図を察したのか、神宮寺は愛しげに抱きしめてくる。

まだはっきりとはわからないけど…、その男の腕の中で遠藤はうっとりと目を細めた。

この感覚が何かははっきりとはわからないけれど…、今は自分を嬉しそうに抱きしめる男を、抱き返してやりたい。

「…何か、悪くねーな」

くぐもった声が、勝手に喉からこぼれた。

「ハグされるのって…」

神宮寺がなおも愛しげに、頰にキスをくれる。

遠藤は浅く何度も胸を喘がせながら、男の肩越しに湯気に煙ったバスルームの天井を見上げ、薄く笑った。

END

あとがき

こんにちは、かわいです。お手にとっていただいてありがとうございます。

『天使のささやき』に引き続き、警察ものです。若干、時間は前後するものの、少しずつ世界がリンクしております。影の主役は宮津《みやつ》です（嘘です）。

今回の主役のちょっと受としては破天荒な遠藤《えんどう》ですが、『天使のささやき』にも、SAT時代に所属していた頃としてちょろっと顔出ししてますので、もし、興味を持たれたらよろしくお願いいします。

そういえば『天使のささやき』に隣の近代的な寮として出てくる隼寮っていうのは、実在しております。中に潜り込んだことはさすがにないですが、寮祭は実際にフォーシーズンズで行われたそうで。景品も豪華で、角刈り率が非常に高いそうでございます。景品なんかもらえなくてもいいから、ご飯も食べなくていいから、会場の端っこでぜひっ、その空気感を拝見したいっっっと心から願ってるのですが…、まぁ、機会はないだろうなと思います。平河寮は架空の寮ですよ、念のため。

さて、実生活ではあまり警察はお世話になったことがないのですが、ここ最近の警察関係のネタっていえば、少し前に一人で有料道路を走ってた時、カーブを曲がりきった時にもっの凄い勢いでサイレン鳴らした白黒パンダちゃんのパトカーが追っかけてきたことでしょうか。ねぇ、あなた、今、カーブを直角に曲がったんじゃないですかぁ？　…っていうぐらいの勢いで出てきて、私が殺人犯かっていうぐらいの猛スピードで追いかけてきたので、ヒ――――ッ…と思いながら急ブレーキふんだら、そのまま猛スピードで追い抜いていかれました。何か事件だったんでしょうか、わずか二十秒程度の出来事ですが、すごく心臓に悪かったです。もともと私一台しか走ってなかったのですが、その後しばらくは法定速度以下で走りました。それぐらい、ビビった。

あと、うちの近くのスーパーでミニパトが停まっていたので、パトロールか何かかな？と思っていたら、若い警察官のお兄さんが三人、箱買いしたカップ麺（しかもスーパーカップ系のジャンボサイズばっかり）を両手に提げ、大はしゃぎしながら出てきてました。あんたら、どれだけカップ麺食べるのよ、もうちょっとバランスのいい食事を心がけようよ、なんでそんな遠足のおやつ買った子供みたいな嬉々とした表情で出てくるんだよ、などと心の中で突っ込むのに忙しかったです。あれ、夜勤か何かで食べるのでしょうか。

そういえば、うちの近所の交番は昭和の遺物（おそらく昭和三十年代ぐらい）かっていうぐらいに年季の入った交番でした。一度、落とし物を拾ったので中を覗いたら、奥の夜勤のスペースらしき場所へのドアが開いていて、そこにやはり昭和の遺物ですねっていうぐらいに古いベニヤ合板で出来た流しの扉が、ガムテープで原形をとどめないほどに補修に補修を重ねられており、お願い、建て替えてあげて…、と心密かに思いました。この間、新しく立て直されていたので、あの気合いの入りまくった流しもきっと新調されたことだろうと、ちょっとほっとしています。

とりあえず、実生活ではあまりかかわりたくないあなた…が、警察関係かな。

この『甘い水』、当初は北上《きたかみ》れん様に挿絵をご担当いただけるのなら、SATを舞台にしよう！…と思ってプロットを作ったものです。

しかし、どうもSATメンバーは二十代半ば中心に構成されているらしいということが早々にわかり、遠藤や神宮寺《じんぐうじ》の年齢設定を変えたくなかったので、やむなくSITを部隊にしたという経緯があります。なのでSAT時代の関係がそのまま二人の過去の経歴として残っているという、自分の中ではややイレギュラーなお話です。年が近くて（あるいは同い年で）、そのせいでとにかく仲が悪い二人というのが、当初コンセプトだったような気がします。

北上れん様には、雑誌掲載時に本当にご迷惑をおかけしました。すみません、前後編だった予定が前中後編などととんでもないことになってしまって。担当様にも本当にすみませんでした。三編通して読んで下さった方々にも、本当にありがとうございます。主役の二人も応援いただいたのですが、篠口《しのぐち》がけっこう人気でした。

今回、無事にこうして本になりました。雑誌掲載時の表紙が、本当に素敵で！　視線を合わせない二人の絶妙の距離感と表情が、何ともいえず嬉しかったです。今回の表紙も、この空気感がすごく好きです。ありがとうございます。


さて、この『甘い水』、遠藤は恋に目覚めたんだか、目覚めてないんだかということで、一応、来年に続編を予定しております。よろしければ、またおつきあいただけると嬉しいです。あと、『天使のささやき』の方も、こちらはもう少し先になりますが、予定があります。

そして、この本が出て間もない十一月九日発売のリンクスさん本誌の方で、また少し世界観のリンクした警察ものを掲載していただく予定です。これより、ちょっとヘビーな予定。誰が出てくるかはお楽しみということで、よろしければご覧になって下さい。

それでは、ここまでのおつきあい、どうもありがとうございました。

また、次にお目にかかれますことを。

かわい有美子《ゆみこ》

初出
甘い水 —— 2010年 小説リンクス8・10・12月号を加筆修正
Aqua Dulce —— 書き下ろし

LYNX ROMANCE

天使《てんし》のささやき

かわい有美子

illust. 蓮川愛

**898円
(本体価格855円)**

警視庁機動警護担当で涼しげな顔立ちの名田は、長年憧れを抱いていた同じSPの峯神と一緒の寮に移ることになる。接する機会が増え、峯神からSPとしての的確なアドバイスを受けるうち、憧れから恋心に徐々に気持ちが変化していく。そんな中、ある国の危険人物を警護することになり、いい勉強になると意気込んでいた名田だったが、実際に危険が身に迫る現実を目にし、峯神を失うかもしれないと恐怖を感じ始め…。

LYNX ROMANCE

天国《てんごく》より野蛮《やばん》

かわい有美子

illust. 緒田涼歌

**898円
(本体価格855円)**

永劫の寿命を持つ堕天使で高位悪魔であるオスカーは、永く退屈な時間の中、暇を持て余していた。ある日、下級淫魔のロジャーが、一人の美しい神学生をつけ狙っているところに遭遇する。ほんの気まぐれに興味を覚えたオスカーは、人間のふりをしてその神学生・セシルに近づくが、すべてを諦観した彼はいっこうに心を明け渡さなかった。徐々にセシルに惹かれていくオスカーは、彼と共に生きたいと願うようになるが…。

LYNX ROMANCE

人《ひと》でなしの恋《こい》

かわい有美子

illust. 金ひかる

**898円
(本体価格855円)**

青山の同潤会アパートに居を構える仁科は、伝奇小説や幻想小説などを主軸とした恋愛小説を書き、生計を立てていた。独特の色香を持つ仁科は、第一高等学校時代に仲の良かった友人二人に、異なる愛情を抱いている。無垢な黒木には庇護欲と愛おしみ、懐深く穏やかな花房にはせつない恋慕と情欲を。しかし、仁科は黒木に内緒で、花房とひそやかな逢瀬を重ねていた。そんなある日、花房とじゃれあう現場を彼に見られてしまい…。

LYNX ROMANCE

夢《ゆめ》にも逢《あ》いみん

かわい有美子

illust. あじみね朔生

**898円
(本体価格855円)**

東宮となるはずが、策略により世から忘れ去られようとしていた美しい宮は、忠誠を捧げてすべてを与えようとしてくれる涼やかな容貌の公達・尉惟に一途な恋慕を抱いていた。だが、独占しつくさんとする尉惟の恋着ゆえの行いに、自分が野心のために利用されているのではないかという暗い疑念がきざす。恋しく切なくも、その恋しい男が信じられない—。濃密な交わりで肌を重ねてもなお、狂おしい想いを持て余す宮は…。

LYNX ROMANCE

RDC—シークレット　ドアー—

水壬楓子　illust. 亜樹良のりかず

898円
（本体価格855円）

ヤクザの抗争に巻き込まれ、親を亡くした輿水祐弥。その事件の発端となったヤクザの兄で弁護士の名久井公春が、施設に送られた祐弥を探し出し、引き取って育ててくれたことに、祐弥は感謝していた。しかし、祐弥は公春の身の回りの世話をすることに喜びを感じ、あろうことか公春に恋愛感情を抱いていた。家を出てからも、公春の世話を焼く祐弥だったが、次第に公春が自分を遠ざけようとしていることに気づき…。

LYNX ROMANCE

瑠《る》璃《り》国《のくに》正《せい》伝《でん》1

谷崎泉　illust. 澤間蒼子

898円
（本体価格855円）

海神を鎮める役目をもつ瑠璃国の海子・八潮は、後継者としての重責から、精神的にも肉体的にも「支え」となる男性を選ばなくてはならなかった。有力候補として清栄を薦められるが、八潮は優しくも頼れる存在の入江を密かに慕っていた。苦しい気持ちの八潮は、清栄を選ぶ前に自らの想いを入江に伝えるが、拒絶されてしまう。苦しみを押し殺し、神子としての役割を担うために望まぬ相手である清栄を「支え」に選ぼうとするが…。

LYNX ROMANCE

純愛《じゅんあい》のルール

きたざわ尋子　illust. 高峰顕

898円
（本体価格855円）

仕事に対する意欲をなくしてしまった、人気小説家の嘉津村は、カフェの隣の席で眠っていた大学生の青年に一目惚れしたのをきっかけに、久しぶりに作品の閃きを得る。後日、嘉津村は仕事相手の柘植が個人的に経営し、選ばれた人物だけが入店できる店で、偶然にもその青年・志緒と再会した。喜びも束の間、志緒は柘植に囲われているという噂を聞かされる。それでも、嘉津村は頻繁に店に通い、彼に告白するが…。

LYNX ROMANCE

人《にん》魚《ぎょ》ひめ

深月ハルカ　illust. 青井秋

898円
（本体価格855円）

一族唯一のメスとして育てられたミルの悩みは、成長してもメスの特徴が出ないことだった。心配に思っていると、ミルはメスではなくオスだったと判明。このままでは一族が絶滅してしまうことに責任を感じたミルは、自らの身を犠牲にして人魚を増やす決意をし、そのために人間界へと旅立つ。だが、そこで出会った熙顕という男と惹かれ合い「海を捨てられないか」と言われたミルは、人魚の世界熙顕との恋心の間で揺れ動き…。

この本を読んでの
ご意見・ご感想を
お寄せ下さい。

〒151-0051
東京都渋谷区千駄ヶ谷4-9-7
(株)幻冬舎コミックス　小説リンクス編集部
「かわい有美子《ゆみこ》先生」係／「北上《きたかみ》れん先生」係

リンクス ロマンス

甘い水

2011年10月31日　第1刷発行

著者……………かわい有美子《ゆみこ》
発行人…………伊藤嘉彦
発行元…………株式会社　幻冬舎コミックス
〒151-0051　東京都渋谷区千駄ヶ谷4-9-7
TEL 03-5411-6434（編集）
発売元…………株式会社　幻冬舎
〒151-0051　東京都渋谷区千駄ヶ谷4-9-7
TEL 03-5411-6222（営業）
振替00120-8-767643
印刷・製本所…共同印刷株式会社
検印廃止

ISBN978-4-344-82343-3 C0293
Printed in Japan

幻冬舎コミックスホームページ　http://www.gentosha-comics.net